KB042267

천마재생 11

초판 1쇄 인쇄일 2015년 11월 23일 | **초판 1쇄 발행일** 2015년 11월 26일

지은이 태규 | **펴낸이** 곽중열 | **담당편집 팀장** 이범수
편집부 신연제 이윤아 김호성 김은경

펴낸곳 (주)조은세상 | 출판등록 제2002-23호
주소 경기도 연천군 미산면 청정로 1355
TEL 편집부 02)587-2966 | FAX 02)587-2922
e-mail bukdu@comics21c.co.kr

ⓒ태규 2015
ISBN 979-11-5832-358-5 | ISBN 979-11-5512-983-8(set) | 값 8,000원

태규太따 무협 장편소설

천마재생

11

大天魔再生

NEO ORIENTAL FANTASY STORY

북두
(주)조은세상

NEO ORIENTAL FANTASY STORY

天魔
再生

第百一章.

보여 봐라

第百一章.

보여 봐라

형하는 대로변보다 뒷골목이 오히려 붐빈다.

아무리 형하가 환락의 거리라고 해도, 화려한 불빛 속에서 숨겨놓았던 욕망을 드러내기는 께름칙하다.

그러니 형하를 찾은 이들은 대부분 뒤안길로, 불빛이 들지 못하는 경계 너머로 발을 옮긴다.

드러나는 곳에서는 결코 할 수 없는, 음흉하고 더러운 작태를 벌이기 위해 어둠 속에 몸을 담근다.

하지만 오늘 사람들은 뒷골목에 한 걸음도 들어설 수가 없었다.

뒷골목에 위치한 은밀하고 음습한 장소에서 욕망을 채우던 이들도 쫓겨나 대로변으로 나와야 했다.

9

천마
재생

대체 왜일까?

한 시진 전, 갑자기 나타난 무인들 때문이었다.

관아에서 단속을 벌이는 걸까?

그럴 리가 없었다.

형하의 토호들은 매년 막대한 돈을 모아 관부와 정계의 권력자들에게 찔러 넣는다.

그로인해 형하는 관부의 단속에서 자유로웠다.

형식적으로 관부에서는 한해에 보름 정도를 단속기간을 정해 형하의 지역상인들에게 공지하는데, 그 기간을 휴일로 이용하는 정도였다.

그 기간은 형하를 찾아오는 이들조차도 알 정도였다.

그렇다면 갑자기 나타나 형하의 뒷골목을 장악해버린 이 무인들의 정체는 무엇일까?

무인들은 아무 설명도 하지 않았다.

다만 그들의 복색으로 인해 사람들은 지금은 잊힌 전설 하나를 떠올리게 할 뿐이었다.

청의백검.

세상이 도탄에 빠졌을 때, 어디선가 나타나는 신비한 협객들.

천외비문의 비문전인을 상징하던 복장이다.

무인들의 정체가 진정 그 전설의 비문전인이라면?

형하를 찾았던 이들과 형하에서 살아가는 이들은 모두

도망치듯 벗어났다.

천외비문의 비문전인은 사람의 모양을 한 마귀 같은 사마의 무리를 척결하여 도탄에 빠진 세상을 구원해온 전설의 협객들.

죄를 짓고자 찾아온 사람들과 퇴폐와 향락을 팔며 살아온 이들에게는 오히려 그들이야말로 마귀이기 때문이었다.

얼마 지나지 않아, 발 디딜 자리조차 찾기 힘들던 형하는 푸른 무복과 백색의 검을 든 무인들만이 남아버렸다.

오늘 형하는 반딧불이의 강이라는 이름 대신에 피와 시체의 강이라고 불러야 할지도 모른다.

비문전인이 지나친 자리는 언제나 그랬다고 전해지니까.

휘이이이이이이익!

형하의 뒷골목을 바람처럼 달리는 네 명이 있다.

위수한과 인문주, 그리고 재경과 하정천이었다.

위수한은 고민이 많은지 굳은 얼굴로 눈동자만을 이리저리 굴리고 있었다.

바로 곁에서 달리는 인문주는 그런 위수한을 가만히 지켜만 보았다.

낯설기 때문이었다.

크고 동그란 눈동자는 창공의 제왕이라는 수리와 닮았다.

높고 날카로운 콧대는 곧고 바른 성정이 엿보인다.

한 일자로 굳게 다물린 입매는 천근 무게의 암석을 매달아도 벌어지지 헛말을 뱉지 않을 듯한 굳은 절개가 느껴진다.

'이게 바로 협왕 위수한이로다.'

가벼움과 경박함이라는 가면을 벗어버린 위수한은 전해지던 이야기를 넘어서는 영웅상의 얼굴을 하고 있었다.

'협의 왕' 이라면 응당 이런 인상이어야 한다고 막연히 그렸던 바로 그런 얼굴이었다.

위수한이 입술이 벌어진다.

"앞뒤좌우, 하늘과 땅. 다 막혔군. 그래서 그렇게 쉽게 놓아주었던 게로구나."

인문주는 그의 혼잣말의 의미를 바로 알아들을 수가 있었다.

지나치는 곳마다 튀어나와 화살처럼 쏟아지는 기운들.

차갑고 날카로우며 깔끔하다.

비문전인이다.

기운을 흘릴 뿐, 드러내지는 않는다.

쫓아오지도 않았다.

어째서 일까?

뻔했다.

'그물을 짜는 구나.'

대어를 낚으려면 그물이 필요하다.

비문전인은 추적을 포기한 것이 아니라, 서로 간의 간격을 좁히며 빠져나갈 수 없는 그물을 만들고 있는 것이다.

그렇다는 건 최소한 비문전인이 형하의 절반 이상을 장악하고 있다고 봐야 했다. 그리고 천외비문 지문의 전력 중 삼분의 일 이상이 이곳에 투입되었다고 짐작되었다.

인문주는 입술을 지그시 깨물었다.

'무리야.'

아무리 고민해도 비문전인이 만들어낸 그물을 빠져나갈 수 있을 것 같지 않았다.

위수한의 능력에 기댄다고 해도 무리였다.

수호협장인 철혈군자까지 나선 상황이니까.

위수한은 분명 강하다.

뿐만 아니라 영리하다.

하지만 철혈군자에 비한다면 모든 부분에서 한 수 정도 부족할 것이다.

그게 인문주가 내린 판단이었다.

그러니 이대로라면 결과는 뻔했다.

'잡히겠지.'

하지만 위수한 혼자 뿐이라면?

아무리 철혈군자라고 하여도, 아무리 비문전인이 이 형
하를 장악했다고 하여도, 그 홀로라면 빠져 나갈 수 있을
것이다.

인문주가 뭔가를 결심한 듯 심각한 표정을 지으며 말했
다.

"인문의 문도들은 자신이 인문에 소속되었다는 사실 외
에는 아무것도 모르오. 그렇기에 인문의 문도들은 서로를
모르오. 부모와 자식이 함께 인문의 문도가 되었다고 해
도, 서로 알지 못하오. 그렇기에 인문은 지금껏 존재할 수
있었고, 유지될 수가 있었소."

위수한이 그를 향해 고개를 돌렸다.

지금 이 시급한 상황에 무슨 한가로운 얘기를 종알거리
는 거요?

그렇게 물으려고 하다 바로 입을 다물었다.

그의 표정을 보며, 그가 뭔가 중대한 결단을 내렸고, 그
결단의 내용을 지금 말하려고 한다는 걸 바로 알아챘기 때
문이었다.

인문주는 계속 말을 이어갔다.

"그토록 철저히 가려진 인문이 체제로써 기능할 수 있
는 이유는 단 하나 뿐이요. 바로 나, 인문의 문주인 나만이
인문의 문도들을 알아보고 명령할 수 있다오. 그러니 어찌
보면 나야말로 인문의 모든 것이라고도 할 수 있소."

그제야 위수한이 물었다.

"지금 혹시 자랑하는 거요? 이 긴박한 상황에?"

"그럴 수 있는 건 천근계보가 있기 때문이오."

그 순간 위수한의 표정이 굳었다.

천근계보.

그것의 정체가 무엇인지는 모른다.

하지만 그것이 천외비문에게는 매우 중요한 물건이라는 것 정도는 충분히 느낄 수 있었다.

인문주가 넘기겠다고 하는 말에, 철혈군자라는 고수가 당황하여 막기 위해 서둘렀을 정도이니까.

철혈군자 쯤 되는 고수는 평정심을 잃지 않는다.

서두르지 않는다.

하늘이 무너지고 땅이 꺼진다 해도, 살아남고 이겨낼 수 있다는 자신감이 있기 때문이다.

그런데 그 순간 철혈군자는 평정을 잃었다.

그리고 서둘렀다.

그렇기에 위수한이 이렇게 모두를 이끌고 도주할 수 있었던 것이었다.

만약 그렇지 않았다면?

아직까지도 아주 힘겨운 싸움을 벌이고 있었을 게다.

"천근계보는……, 흐음. 뭐라고 말해야 할까? 전승되는 능력이라고 해야 할까요? 천근계보를 가진 자는 인문의

천마
재생

문도들을 근방 천 리 이내에 위치한 인문의 문도들을 알아볼 수가 있소."

"뭐요? 천 리?"

"그렇소. 재어보지는 않아서 정확하지는 않으나, 그럴 거요. 그리고 삼백 리 이내에 있는 인문의 문도들에게는 의지만으로 명령을 내릴 수가 있다오."

"그게 가능하오?"

인문주는 고개를 끄덕였다.

"그렇소. 그렇기에 인문이 천년이라는 장구한 시간동안 유지될 수 있었고, 천외비문을 지탱할 수가 있었소."

위수한은 혀를 내둘렀다.

"놀랍구료."

"천근계보를 드리겠소."

그러자 위수한이 입을 다물고 침을 꿀꺽 삼켰다.

못 들었다고 여긴 걸까?

인문주가 다시 말했다.

"천근계보를 드리겠소."

그제야 위수한이 다시 입을 열었다.

"지금 당신이 무슨 말을 하고 있는지 아시오?"

"아오. 인문을 넘기겠다는 거요."

"내게? 왜?"

"우리 인문을 살려주신다 하지 않으셨소. 그러니 살려

주시오."

"인문을 떠맡아라 이거요, 지금?"

"아니요. 그저 살려달라는 거요."

위수한이 휙 앞으로 고개를 돌렸다.

"우선 여기를 빠져 나간 후에 생각해 봅시다."

인문주는 쓴웃음을 지었다. 그리고 말했다.

"아시지 않소. 이곳을 빠져 나갈 수 있는 건 당신뿐이오."

"아니. 당신과 나. 둘까지는 가능하오."

그러며 등 뒤에서 따르고 있는 재경과 하정천을 향해 고개를 돌렸다.

"너희를 보낸 곳에 분명 언급했다. 죽어도 될 놈을 보내라고. 들었느냐?"

재경과 하정천은 고개를 끄덕였다.

위수한이 물었다.

"보낼 때 뭐라고 하더냐?"

하정천이 먼저 입을 열었다.

"문주께서는 '접선한 자의 명령을 따라라. 그가 죽으라면 죽어라.' 라고 하셨습니다. 조부께서는 '죽어도 된다. 그가 그리 명했다면 그럴 만한 사정이 있을 것이니.' 라고 하셨습니다."

"그래서 넌 내가 죽으라 하면 어떻게 하겠느냐?"

"죽지 않으면 문주님과 조부님의 손에 죽을 겁니다."

천마재생

하정천은 그렇게 말한 후 담백한 미소를 머금었다.

그러자 위수한의 눈동자가 재경에게로 옮겨갔다.

"너는?"

재경이 입을 열었다.

"아버지들께서 하신 말씀이 있습니다."

아버지들.

대장군부와 황실을 수호하는 노장군들.

과거 대장군 권무영을 따라 홍갱의 갱원으로 활약했던 이들을 뜻하는 것이었다.

위수한은 바로 알아듣고 물었다.

"그분들이 뭐라 했느냐?"

"항상 옳아라. 그게 돌아가신 그 분을 대신하여 네가 걸어야할 길이다."

"그래서?"

"네가 형하에서 접선할 사람은 옳은 길을 알려줄 것이다. 그러니 그가 시키는 대로 걸어라."

그리고 할 말을 다했다는 듯 입을 굳게 다물었다.

위수한은 재경과 하정천을 번갈아 본 후 말했다.

"재경!"

재경이 외치듯 말했다.

"명령하십시오!"

"네가 앞을 연다."

재경이 휙 앞으로 튀어 나왔다.

위수한이 말했다.

"정천!"

"이제야 제 이름을 제대로 불러주시는 군요."

"넌 우리가 빠져나가면 문을 닫아라."

"명을 받듭니다."

그러며 하정천은 두 손을 모아 포권을 취했다.

위수한은 이제 용건을 다 마쳤다는 듯 앞으로 고개를 돌렸다. 그리고 마침 생각났다는 듯 말했다.

"살아남아라."

앞선 재경이 외쳤다.

"네!"

뒤에 머무르는 하정천은 포권을 취했다.

"물론이지요."

위이이이이이잉!

재경의 어깨 너머로, 벽이 보인다.

백색의 검과 청색의 천으로 이루어진 벽이다.

비문전인이 드디어 그물을 완성하고 인문주를 낚기 위해 조여 오려는 모양이었다.

그 광경을 본 순간 인문주가 침음성을 흘리며 속삭였다.

"역시 천외천망(天外天網)이로군."

그러며 급히 고개를 틀어 위수한을 향해 외치듯 말했다.

"위험하오! 천외천망은 본문 제일의 추포진(追捕陣)이오. 부딪쳤다가는 꼼짝없이 잡히오. 누구도 빠져 나갈 수 없소! 피해야 하외다!"

스르르르릉.

앞서 달리는 재경이 검을 뽑아들고 있었다.

그러며 보폭을 넓혀 먼저 앞으로 튀어 나간다.

마치 등 뒤에서 들린 인문주의 외침에 답하는 듯하다.

인문주가 다급히 외쳤다.

"저 젊은이를 말리시오!"

위수한이 담담한 시선으로 멀어져 가는 재경의 등을 바라보며 말했다.

"예전에 야수 한 마리가 있었소. 그 누구도 잡을 수 없고, 그 무엇도 막을 수 없는. 평생 외길만을 고집하며 걷던 고고(孤高)한 야수가 있었다오."

대체 무슨 말을 하려는 걸까?

"사실 나는 그가 언제까지 그렇게 살까 싶었는데, 죽을 때까지 그렇게 살더이다. 듣기로 갈 때도 아주 멋지게 갔다고 하더구려. 너무 부러워서 눈물이 날 정도로 말이오. 정말 조금 울었다오. 하여간 그와 같은 자는 다시는 나타나지 않을 거요. 그와 같은 삶을 다시 그 누구도 살지 않을 거요. 나는 그렇게 믿소. 그런데……"

위수한이 턱 끝으로 재경의 등을 가리키며 말을 이었다.

"언젠가부터 그런 얘기가 들리더구려. 죽어 없어진 그 야수가 남몰래 새끼를 낳았는데, 제법 잘 크고 있다고 말이오."

그 사이 비문전인들의 앞에 거의 이른 재경이 입을 쩍 벌렸다.

"으아아아아아아아아아압!"

고막이 찢기지 않을까 싶은 정도의 우렁찬 기합!

동시에 주위를 위축시키는 기백을 뿜었다.

그 모습을 지켜보는 위수한이 눈이 부시다는 듯 눈매를 좁히며 속삭였다.

"보여 봐라, 네가 정녕 그의 새끼라 불릴 자격이 있는지를."

†

푸른 무복과 새하얀 검.

세상이 도탄에 빠지면 나타나는 협객들.

천외비문의 비문전인!

이 얼마나 멋스러운가.

하지만 지난 백 년 동안 천외비문은 나타난 적이 없었다.

하기에 사람들은 천외비문의 존재를 잊었지만, 노인이 되면 이따금 생각이나 자신의 무릎에 기대어 초롱초롱 눈을 빛내는 손주의 머리를 쓰다듬으며 옛이야기 하듯 전한다.

그래, 천외비문은 옛이야기이다.

이제는 잊힌 전설일 뿐이다.

하지만 이제 막 천외비문이라는 전설을 알게 된 아이에게는 그저 신비와 동경의 대상일 뿐이다.

아이는 천외비문을 꿈꾸며 자란다.

천외비문의 비문전인이 되어 청색무복을 입고 새하얀 검을 차고, 세상을 피와 눈물로 물들이는 마귀같이 사악한 무리를 물리치기위해 달려가는 자신의 모습을 막연히 상상한다.

그렇다면 혹여 쓰러지더라도 행복할 것이다.

세상과 정의를 지키고자 살았으니.

재경이 그랬다.

그는 고아였기에 천외비문에 대한 전설을 비럭질을 하다가 주워들을 수 있었다.

천외비문의 전설을 들었던 그 날.

그 날 느낀 기분을 누군가 재경에게 묻는다면 이렇게 대답할 것이다.

그건 배가 부르다는 느낌이었다, 라고.

뜬금없는 대답일 수도 있다.

농담을 참 재미없게 하는구나 싶기도 할 것이다.

하지만 정말 재경은 그랬다.

만약 몇 마디를 덧붙일 수 있다면 재경은 이렇게 말할 것이다.

태어나 배가 부르다는 느낌을 처음 안게 그 순간이다, 라고.

그 외에도 몇 마디를 더할 수 있다면 이렇게 말하겠지.

그만큼 충격적이었다, 라고.

재경은 버려졌기에, 부모와 가족이라는 울타리를 가져본 적이 없기에 구걸이나 쓰레기통을 뒤져 나오는 음식찌꺼기로 끼니를 때울 수밖에 없었다.

그래서 항상 배가 고팠다.

그렇기에 그의 어린 시절은 오직 어떻게든 주린 배를 채워야 한다는 생각만으로 하루를 살았다.

어떤 날은 하루 내내 한 말이, '배고파'가 전부였던 적도 있었다.

하지만 천외비문의 전설을 들었던 그 날은 배가 고프지 않았다.

구걸조차 하지 않은 채 멍하니 먼 하늘을 바라보며, 눈을 뜬 채로 꿈을 꾸었다.

그리고 결심했다.

천마재생

언젠가 청의와 백검을 들겠노라고.

나중에 알았지만 그 날 느꼈던 감정은 포만감이 아니라, 동경심이었던 것 같았다.

후일 재경은 성장하여 죽은 전설인 천외비문의 비문전인이 되는 게 아니라, 살아있는 신화인 협왕 위수한을 따르고자 제협회의 무사가 되었고, 이제는 대장군부의 소장(小將)이 되었다.

하지만 아직도 이따금 꿈을 꾸었다.

언젠가 협왕 위수한 그리고 천외비문의 비문전인들과 함께 어깨를 나란히 하고 사마의 무리를 향해 칼을 뽑아들 날이 있을 것이라고.

하지만 꿈과 달리 현실이란 이따금 혹독하고 비정하다.

'비문전인을 상대로 싸우게 되다니.'

씁쓸하기만 하다.

재경은 빠르게 복잡한 상념을 지워버렸다.

어렸을 적의 꿈과는 정반대의 상황이지만, 이상은 이루어가고 있었다.

정의!

대의를 지킨다!

재경은 마음속으로 부르짖었다.

'나는 옳다!'

확신해야 한다.

그래야 싸울 수 있다.

내 안에서 키운 야수는 너무도 흉포하여 확고한 의지라는 목줄을 채우지 못한다면, 풀어놓을 수가 없다.

'나부터 뜯어 먹을 테니까.'

재경은 검을 뽑아 들었다.

그러자 머리 안이 검게 물들어 간다.

감정이 사라져 간다.

존재하는 모든 것들에 대한 선입관이 사라진다.

그렇게 해서 머리 안에 남는 사고는 단 하나 뿐이다.

베지 말아야 하는 것.

'위수한, 인문주, 하정천. 그리고 나.'

그 네 가지만은 베어서는 안 된다.

그 외의 것들은?

'다 베어버린다.'

재경이 입을 쩍 벌렸다.

"으아아아아아아아아아아아압!"

우렁찬 기합과 함께 터져 나오는 기백!

그 순간 재경을 기다리듯 일렬로 서 있던 비문전인들의 몸이 굳는다.

물론 찰나일 뿐이다.

비문전인은 바로 경직된 몸을 풀어낼 것이다.

하지만 그 눈 한번 깜짝할 만한 짧은 순간에 삶과 죽음이 오가는 곳이 전장이다.

그리고 지난 오 년 동안 그 찰나 속을 노닐며 지냈던 어린 야수가 바로 재경이었다.

서걱, 서걱, 서걱, 서걱!

두 개의 머리가 핏물을 꼬리로 매단 채 하늘 위로 튀어 오른다. 그리고 두 개의 팔이 땅바닥에 떨어져 갓 잡은 잉어처럼 퍼덕인다.

재경의 앞을 가로 막고 서 있던 비문전인 넷은 그렇게 쓰러졌다.

재경은 휙 몸을 돌리더니 목을 잘라낸 비문전인의 시체에 등을 붙이고, 뒤로 밀었다. 그리고 그의 오른팔이 아직도 쥐고 있는 새하얀 검을 뺏어 들었다.

그 순간 이 새하얀 검을 가지고 말겠다던 다짐이 다시 떠올랐다.

'이렇게 가지겠다는 건 아니었는데…….'

푸, 푸, 푸, 푸, 푸, 푹!

재경은 바로 몸을 낮췄다.

방벽처럼 기대었던 비문전인의 시체를 뚫고 십여 개의 검날이 튀어 나온다.

좌우에서도 검날이 쏟아진다.

하늘도 막혔다.

땅에서도 솟구쳐 오른다.

마치 온 세상이 검을 뿌려대는 것만 같다.

이것이 바로 천외비문이 자랑하는 진법, 천외천망의 진정한 묘용이었다.

당장에 고슴도치가 되어 죽어갈 듯 위태로웠다.

하지만 재경은 송곳니를 드러내며, 크게 외쳤다.

"으아아아아아아아아압!"

드디어 풀어낸다.

내 안의 야수를!

과거 전설이었다는 누군가만이 다룰 수 있었다는 맹수, 야수감각도를!

재경은 자신을 향해 날아오는 수십 개의 검을 향해 양손에 쥔 두 개의 검을 마주 날렸다.

번쩍!

†

서걱.

쇠붙이에 살이 갈리는 소리.

그건 언제 들어도 섬뜩하다.

그 소리가 익숙해졌다는 건, 슬픈 일이다.

그 소리를 즐기게 되었다면, 두려운 일이다.

하정천은 이 소리를 들으면 슬프거나 두렵지 않았다.

다만 꼭 이 소리를 들어야 하는가를 한 번 고민할 뿐이었다. 그리고 이 소리를 듣는 게 아니라, 내는 입장이 되지 않기 위해 정진을 해야 한다고 각오했다.

그런데, 지금은 그저 의문만을 떠올릴 뿐이었다.

'뭐지, 저건?'

서걱, 서걱, 서걱, 서걱, 서걱, 서걱, 서걱, 서걱.

재경이 움직일 때마다 핏물이 튀어 올랐다. 잘린 머리와 팔과 다리가 떨어져 내리고 있었다.

잔인하다기보다 자연스럽다.

마치 농부가 잘 익은 벼의 줄기를 베어내는 듯하다.

신위라고 부를 만한 놀라운 광경이었다.

하지만 하정천이 지금 놀라는 건 재경의 실력이 짐작했던 것보다 뛰어나기 때문이 아니었다.

비문전인의 실력이 예상보다 떨어지기 때문도 아니었다.

비문전인을 벼처럼 능숙하게 베어내는 재경의 검법 때문이었다.

'검법?'

하정천은 고개를 슬며시 내저었다.

'저건 무공이 아니야.'

무공이란 약속이다.

지도(地圖)이다.

이렇게 칼이 날아오면, 이렇게 피하고 저렇게 막으면 된다는 지침이다.

그렇기에 무인의 대결은 미리 삶과 죽음이라는 역할을 정해놓고 추는 춤처럼 보이기도 한다.

그런데 재경의 싸움은 그런 게 없었다.

일방적이다.

베고, 베고, 베고, 벨뿐이다.

그렇다고 해서 압도한다는 느낌도 아니다.

'어떻게 저럴 수 있지?'

재경의 검은 느리다고 할 수는 없지만, 빠르지도 않았다.

교묘하지도 않았다.

그러니 피하려고 마음만 먹으면 피할 수 있을 텐데, 비문전인은 속절없이 당하기만 하고 있었다.

'왜 저럴까?'

그저 궁금해서는 안 된다.

알아야 한다.

지금의 재경은 목숨을 걸고 앞을 열어주고 있는 믿음직한 동료이지만, 언젠가 마주 서서 검을 휘두를 날이 올 수 있다.

그때는 늦다.

천마재생

하정천은 앞을 뚫고 있는 재경에게서 눈을 떼지 않았다. 그러다 비문전인이 날린 눈먼 칼에 맞을 뻔도 했지만, 그럼에도 놓칠 수는 없었다.

자신의 질문에 대한 답을 찾아내기 전까지는 그래야만 했다.

어느 순간 하정천의 눈이 빛났다.

'그렇군.'

다는 아니지만, 어느 정도 알 것 같았다.

재경은 대결이 아닌 전투를 하고 있는 것이다.

비문전인을 마치 농부가 벼 베듯 가볍게 상대하는 듯 보이지만, 실상은 정반대이다.

한 명 한 명과 전심전력으로 맞부딪치고 있다.

그렇기에 무공이 아닌 거다.

날 것이다.

이 한 명만을 베어죽일 수 있는 일격을 구사하고 있다.

그렇기에 그 어떤 무공초식보다 무섭다.

순수함이란 그 어떤 화려한 치장보다 강렬하다.

재경의 앞에 선 자는 날것이 되어야 한다.

모든 것을 벗어던지고, 순수하게 재경이라는 적을 상대한다는 일심으로 맞서야 한다. 그 과정 중에 체득한 무공역시 벗겨질 수 있다.

익힌 무공이 내 것이 아니라면, 그저 내 것인 듯 입고만 있었다면, 재경과 마주했을 때 가볍게 찢기고 말 것이다.

그러니 진정한 강자가 아니라면 재경의 검을 받아낼 수가 없다.

하정천의 머릿속에 또 다시 의문이 떠올랐다.

'나는 진정한 강자인가?'

자부하지만, 확신할 수는 없었다.

그 답은 재경의 앞에 마주설 때야 비로소 알 수 있을 듯하다.

그때였다.

"비켜라!"

재경의 앞에 선 비문전인이 갈라지며 덩치가 커다란 사내가 튀어나왔다.

몸놀림이 예사롭지 않았다.

'절정고수!'

진짜배기다!

아마도 비문전인들의 책임자인 듯싶었다.

사내는 두 주먹을 광풍처럼 뻗어내며 거칠게 재경을 몰아쳤다.

퍼퍼퍼퍼퍼퍼퍽!

순식간에 십여 합이 오고 간다.

사내의 주먹이 재경의 몸을 강타하지는 않지만, 스칠 때마다 재경은 몸을 휘청거렸고 핏물이 튀어 올랐다.

천마재생

엄청나다.

당장 협륜문에 입문하면 단숨에 십위 안의 지위를 꿰어 찰 수 있겠다 싶을 만한 실력자였다.

하정천은 이를 악물었다.

'당하겠어!'

재경이 죽는다!

하정천은 본능적으로 재경을 돕기 위해 튀어나가려 했다.

그때, 위수한이 그의 앞을 가로막았다. 하정천은 원망어린 눈으로 그를 쏘아보았다.

하지만 위수한은 그의 시선이 느껴지지 않는가 보다.

그는 그저 위태롭게 사내가 주먹을 휘두를 때마다 위태롭게 휘청거리는 재경만을 바라보며 속삭였다.

"세상은 또 다른 야수를 마주할 수도 있겠구나."

무슨 소리일까?

"으아아아아아아아아아압!"

갑자기 터져 나온 우렁찬 기압에 하정천은 순간 경직됨을 느꼈다.

재경의 외침이었다.

휘이이이익!

위태롭게 휘청거리기만 하던 재경이 자신을 핍박하던 상대를 향해 두 개의 검을 거칠게 휘저어가고 있었다.

궤적이 이상하다.

오른손에 쥔 검은 자신의 왼쪽 어깨를 가르며 뻗어나간
다.

그리고 왼손에 쥔 새하얀 검은 자신의 오른 팔뚝을 깊게
가르고 나아갔다.

상대에게 닿기도 전에 재경의 왼쪽 어깨와 오른 팔뚝이
핏물을 토해내고 있었다.

미친 걸까?

아니다.

저것이야말로 상대를 가를 수 있는 단 한 수이기 때문이
다!

서걱, 서걱.

상대가 세 조각으로 갈라지며 바닥에 내려앉았다.

재경은 헉헉, 거친 숨을 뱉으며 그의 시체를 넘어 앞으
로 걸어 나갔다.

재경의 걸음새는 당장이라도 쓰러질 듯 위태로웠다.

하지만 그 누구도 그의 앞을 가로막지 않았다.

용맹하던 비문전인들은 두려움에 가득한 얼굴로 뒷걸음
질 쳐 재경에게서 비켜섰다.

재경은 계속 걸었고, 결국 그의 앞에는 쭉 뻗어있는 길
만이 남아 있었다.

그제야 재경이 걸음을 멈추며 힘겹게 속삭였다.

"명하신……, 하아, 하아. 대로 길을……, 하아, 하아.
열었습니다."

바로 뒤에 있던 위수한이 다가가 그의 어깨를 두들기며
말했다.

"수고했다."

그러며 바로 인문주와 함께 그의 곁을 지나 앞으로 달려
갔다.

남겨진 재경의 옆에 하정천이 다가와 섰다.

재경은 고개를 축 늘어트린 채, 눈동자만을 올려 그를
바라보았다.

하정천은 그를 가만히 내려보다가, 비문전인들을 향해
휙 몸을 돌렸다.

"수고했다. 가 봐라."

그러며 검을 뽑아든다.

"내가 길을 막을 테니."

NEO ORIENTAL FANTASY STORY

第百二章.

내가 바로 협왕 위수한이다!

天魔再生

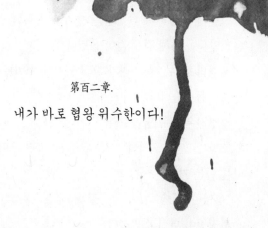

第百二章.

내가 바로 협왕 위수한이다!

이각만 버텨라!

그게 위수한이 인문주와 함께 사라지기 전, 하정천에게 전음으로 전한 말이었다.

'이각이라…….'

시간의 흐름이란 상대적이다.

이각은 평소하면 차 두 잔정도 마시며 수다를 떨다보면 금세 지나갈 시간이다.

하지만 비문전인이 그와 차를 마시며, 수다를 떨려하지는 않겠지.

서로의 살을 잘라내 뿜어져 나오는 핏물을 들이키며 욕설과 고함을 친다면 모르겠지만…….

천마재생

그러니 이각이라는 시간은 아주 길고 힘겨울 것이다.

'내가 아닌 저들에게 그렇겠지.'

그렇게 생각하며 하정천은 슬며시 거리를 좁혀오는 비문전인들을 향해 검을 들어 올렸다.

재경의 힘겨운 목소리가 그의 귓가에 스며든다.

"도, 돕겠습니다."

하정천은 눈매를 좁혔다.

"도와? 그래, 도와라. 지금 당장 이 자리를 떠나라. 그게 나를 돕는 거다."

"형님……."

하정천이 버럭 소리쳤다.

"내가 왜 네 형님이냐! 내게 동생은 없다!"

재경은 쓴웃음을 지었다. 만날 때마다 의견이 달라 다투기는 하지만, 재경에게 하정천이란 사람은 다섯 손가락 안에 드는 지인이었다.

그랬기에 하정천을 부를 때, 형님이라는 두 글자가 자신도 모르게 입에 붙었던 것이다.

그런데 하정천은 그렇게 여기지 않았던 모양이었다.

하기야 귀한 집안에서 태어난 대다가 출중한 재주와 능력까지 지녔기에 강호의 정점의 자리를 보장받다시피 한 하정천에게 재경이란 사람이 그리 친근하게 느껴졌을 리가 없겠지.

하정천이 바로 이어 외쳤다.

"난 동생이 없지만, 있다고 하여도 형의 말을 듣지 않는 동생은 두지 않는다!"

재경은 눈을 크게 떴다.

하정천이 부드러운 미소를 지으며 말했다.

"그러니 가라. 이 형을 믿어봐."

재경은 입을 굳게 다물고 고개를 끄덕였다.

그러자 하정천은 귀찮다는 듯 빈손을 휘휘 저었다.

"가라. 가서 어딘가 쳐 박혀 있어. 내가 찾아갈 때까지."

재경은 고개를 끄덕인 후, 몸을 돌렸다. 그리고 빠르게 달려갔다.

하정천을 그의 발소리가 들리지 않을 쯤 되어서야 입을 열었다.

"좀 간지럽군."

자신답지 않다는 생각이 든다.

상황을 냉철히 분석하고, 언제나 실리를 우선 챙기는 방향을 선택하며 살았다.

그렇기에 항상 차갑다는 소리를 듣고는 했다.

그런데 이따금 이렇게 뜨거워진다.

그 대부분이 저 녀석 재경이 옆에 있었다.

'저 녀석과 엮이면 항상 이렇게 된다니까.'

지난 오년을 돌이켜 본다.

진무하가의 소가주이자, 협륜문의 소문주라는 지위.

거저 얻은 게 아니다.

정말 열심히 기어올랐다.

비정하다는 소리를 들을 정도로 엄격했고, 계산적이었다.

그렇지 않으면 오를 수가 없었고, 밑으로 끌어당기는 경쟁자의 손길을 뿌리칠 수가 없었다.

그렇게 모두가 부러워하는 지금의 위치를 쟁취할 수 있었다.

그런데 말이다.

'재미가 없었지.'

오늘이, 지금 이 순간이 지난 오년동안의 나날을 합친 것보다 즐겁다.

살아있는 것 같았다.

'나도 어쩔 수 없는 무인이구나.'

몸이 뜨겁다.

단전에 쌓여있던 내공이 풀려나와 전신을 휘돌기 때문일 것이다.

흥분이 된다.

'하지만 머리는 차갑게.'

감각과 본능에 몸을 맡기는 건, 재경의 방식이니까.

그 사이 비문전인들은 하정천이 검을 조금만 더 뻗으면

닿지 않을까 싶을 정도까지 다가와 있었다.

하정천은 오른발을 천천히 들어올렸다.

그러자 비문전인들이 움찔하며 긴장했다. 조금 전 재경의 무서운 무위에 일방적으로 당했던 기억 때문이었다.

일보일살.

한 걸음에 한 사람이 죽었다.

유일하게 그들의 책임자였던 덩치 큰 사내가 재경을 잠시 밀어붙이기는 했지만, 결국 세 토막으로 나뉘어 죽어버렸다.

그러니 아무리 비문전인이라고 해도 두려운 마음을 아예 감출 수는 없었다.

하지만 하정천은 들어 올린 오른발을 앞이 아닌 뒤로 옮겼다.

비문전인들의 눈에 두려움 대신 의문이 떠올랐다.

뭘까?

혹시 도망치려는 걸까?

하정천은 다시 한 걸음 물러섰다.

그러자 비문전인의 눈이 빛을 머금었다.

도망치려나 보다!

다시 하정천이 뒤로 한 걸음을 옮기려 했다.

그 순간 진형을 유지하고 있던 비문전인들 중 하나가 자신도 모르게 한 걸음 앞으로 튀어나왔다.

그때였다.

휙!

하정천이 뒤로 뺐던 발을 앞으로 돌리며 튀어 나갔다.

푹!

하정천의 검이 한 걸음 앞으로 나왔던 비문전인이 미간을 뚫고 나왔다.

비문전인들은 깜짝 놀라 튀어나왔다.

푹, 푹, 푹!

비문전인들 중 셋이 머리가 뒤로 꺾더니, 허물어지듯 주저앉았다.

그들의 미간 부위에 길고 얇은 붉은 선이 그어져 있었다.

하정천의 검이 꽂혔다 빠져나간 흔적이었다.

얄밉게도 하정천은 이미 몇 걸음 뒤로 물러나 있었다.

비문전인들은 분노하려 하정천에게 달려들려 했다.

그때, 비문전인 뒤편에서 우렁찬 외침이 터져 나왔다.

"멈춰!"

비문전인은 그대로 굳었다.

그들의 모습에 하정천은 아쉽다는 듯 혀를 찼다.

비문전인들 사이가 열리며 한 사내가 걸어 나왔다.

보이는 외모로 판단할 때 마흔 중반 쯤 되었을 듯싶다.

사내는 키가 작았다.

정수리가 하정천의 심장부위 쯤에 닿을 것 같은 정도였
다.

반대로 머리통은 어지간한 사람 두 배쯤 될 만큼 컸다.

그럼에도 우스꽝스럽다는 생각은 들지 않았다.

사내의 눈빛과 표정 때문이었다.

비문전인 중 하나가 울분이 가득서린 얼굴로 외치듯 말
했다.

"일대주님! 삼대주님께서……."

그러자 일대주라고 불린 키가 작은 사내가 차갑게 말을
잘라냈다.

"안다! 덩치는 커다란 주제에 머리는 텅텅 비었으니 그
런 애송이에게 세토막이 나 굴러다니지."

삼대주란 재경에게 당해 죽은 그 절정고수를 말하나 보
다.

일대주가 하정천을 노려보며 말했다.

"영리하구나."

하정천이 입을 열었다.

"키가 작구려."

일대주가 빙긋 웃었다.

"오만하기도 하고."

하정천이 말했다.

"머리는 크구려."

43

일대주가 입을 쩍 벌렸다.

"푸하하하하하하하하핫! 제법이야. 사람을 잘 다루는 구나! 보이는 나이답지 않게 경험이 상당하겠어."

하정천이 고개를 갸웃거렸다.

"난 보이는 대로 말했을 뿐이오. 아! 목소리도 크군요, 외모답지 않게."

일대주가 웃음을 뚝 멈추고 말했다.

"기회를 주겠다. 비켜라."

"알았소. 비키리다. 지나가시오."

그러며 하정천은 몸을 옆으로 틀었다.

자신을 지나쳐가라는 듯하다.

일대주가 한숨을 쉰다.

"그렇다면 별 수 없지. 토순(土盾)."

일대주의 곁에 서 있던 비문전인들이 하정천을 향해 일제히 튀어 나갔다.

그들은 하정천의 앞에 이르자, 땅바닥을 거칠게 차올렸다.

퍼퍼퍼퍼퍼퍼퍽!

땅바닥이 튀어 오르며 자갈과 파편의 장막을 만들어낸다.

하지만 그 틈을 비집고 하정천이 바람처럼 흘러 나왔다. 그리고 검을 버드나무 잎사귀처럼 부드러운 곡선으로 움직여 비문전인 중 둘의 목을 가르고 지나갔다.

일대주가 외쳤다.

"이때다. 목채(木寨)!"

그러자 비문전인들이 어느새 하정천을 둥글게 에워쌌다.

일대주의 외침이 터져 나온다.

"천붕(天崩)!"

하정천을 에워싼 비문전인들이 움찔했다.

그러자 일대주가 다시 외쳤다.

"천붕!"

비문전인이 이를 악물고, 하정천을 향해 마치 화포를 떠난 화탄처럼 튀어 나갔다.

그들의 표정엔 하정천과 같이 죽겠다는 각오가 엿보인다.

피할 곳은 없었다.

하정천은 별 수 없다는 듯, 검을 굳게 쥐었다. 그리고 입을 쩍 벌려 외쳤다.

"으아아아아아아아압!"

우렁찬 기합!

조금 전 재경에 못지않은 기백과 위엄이 뿜어져 나온다.

그의 검이 푸르게 물들며 화탄이 되어 날아오는 비문전인들을 향해 날았다.

슈아아아아아아아아아아악!

푸른빛의 허공에 선을 이루며 질주한다.

그 선이 지나친 자리에는 핏물이 번져 허공을 붉게 물들였고, 비명이 쏟아졌다.

"으아아아아아아악!"

"커헉!"

"허억!"

푸른빛의 선은 계속 뻗어나갔다.

마치 이 땅의 끝까지 이어지지 않을까 싶었다.

하지만 어느 순간 멈춰 그저 푸른빛의 검으로 돌아왔다. 스스로 멈춘 건 아니었다.

가로 막힌 것이었다.

일대주가 자신의 새하얀 검을 푸른빛의 검에 맞댄 채 서 있었다.

일대주는 놀라움을 숨길 수 없는 표정으로 말했다.

"뭐냐, 이 검법은?"

푸른빛의 검 뒤편, 빛살에 의해 가려졌던 하정천의 모습이 슬며시 드러난다.

"모르오. 아직 이름을 붙이지 못했소."

일대주의 눈이 커졌다.

"설마? 네, 네가 창안했다는 거냐?"

"뭐. 어쩌다 보니 그렇게 되었소."

그의 말에 일대주의 입이 스르르 벌어졌다.

아직 서른도 되지 않아 보이는 하정천이 이토록 강하다는 건 분명 놀라운 일이었다.

하지만 아주 드물 뿐이지, 불가능한 일은 아니었다.

강호무림의 무인을 그물망으로 걸러내면, 하정천 나이에 하정천 정도의 실력을 갖춘 젊은이가 열대여섯 명 정도는 나올 것이다.

하지만 이토록 매서운 검법을 스스로 만들었다는 건 다른 경우였다.

그가 짐작하기에 하정천이 유일하지 않을까 싶었다.

무공을 창안한다는 건, 무공을 익히는 재능보다 더 희귀한 재능이다.

그러한 재능을 타고난 이는 천하제일의 권좌에 오를 수 있을지는 모르나, 최소한 무림에 일가(一家)를 이루고 길이길이 기억된다.

그러한 이들을 이렇게 부른다.

무학(武學)의 종사(宗師)!

하정천은 종사로써의 재능을 타고난 것이었다.

아니, 재능 정도가 아니었다.

이토록 놀라운 검법을 창안했다는 건, 이미 종사의 반열에 들어섰다고 봐야 했다.

이대로만 성장한다면 한 시대를 풍미하는 게 아니라, 수

십, 수백 년 후까지 두고두고 칭송을 받게 될 인물이라는
거다.

일대주가 환한 미소를 그렸다.

"좋군. 그 정도면 내 목숨을 앗아갈 자격으로 충분해."

"굳이 자격까지 따질 필요가 있는지는 모르겠으나, 칭
찬은 고맙소."

스으으으윽.

새파란 빛을 발하는 하정천의 검이 맞닿아 있는 일대주
의 새하얀 검을 종이를 찢듯이 가르며 나아간다.

일대주는 자신의 목을 향해 다가오는 하정천의 검을 가
만히 바라만 보았다.

하정천의 검이 일대주의 목에 닿는 순간, 살갗이 갈라지
며 스르르 핏물이 흘러나왔다.

하지만 하정천의 검은 더 앞으로 뻗어나가지 못하고 멈
췄다.

이번에도 하정천이 자신의 의지로 멈춘 게 아니었다.

하정천의 검날을 엄지와 검지로 집고 있는 손 때문이었
다.

손의 주인을 쫓아 하정천의 눈이 움직였다.

용모를 확인하는 순간, 하정천의 얼굴이 딱딱하게 굳었
다.

철혈군자였다.

현 강호무림에서 다섯 손가락 안에 드는 고수인 협왕 위수한과 비견할 만한, 아니 어쩌면 능가하는 절대고수!

철혈군자의 입이 벌어졌다.

"재미난 검법이구나. 이름이 없다고 했느냐? 내가 지어 주랴?"

하정천은 대꾸치 않았다. 대신 살짝 부풀어 오른 철혈군자의 오른쪽 어깨를 바라볼 뿐이었다.

첩경을 준비하고 있다는 뜻이었다.

철혈군자가 말했다.

"아니지. 굳이 지을 필요는 없지? 불리어질 일이 없을 터이니."

철혈군자가 오른팔을 뻗었다. 동시에 하정천은 검을 놓고 뒤로 몸을 날렸다.

하지만 철혈군자의 오른손에서 튀어나온 회백색 강기는 그를 뒤쫓았다.

하정천은 피할 수 없음을 깨달았는지 아니면 본능적인 생존욕인지, 코앞까지 이른 회백색 강기를 향해 오른손을 주먹 쥐어 마주 뻗었다.

콰아아아아아아아앙!

굉음과 함께 하정천의 몸이 화살처럼 뒤쪽으로 날아가 그 곳에 있던 벽을 무너트리고 사라졌다.

철혈군자는 하정천의 검을 집은 손가락에 힘을 주었다.

쩌쩍.

하정천의 검이 거미줄과 같은 균열이 일어나더니, 조각
조각 부서져 내렸다.

그제야 철혈군자는 용건을 마쳤다는 듯 뒷짐을 쥐더니
몸을 돌렸다.

그때였다.

"검법의 이름을……, 지어주시오."

철혈군자가 다시 몸을 돌렸다.

무너진 벽 너머에서 하정천이 걸어 나왔다.

머리는 귀신처럼 풀어졌고 옷은 뜯어지고 찢어졌으며,
드러난 상체의 이곳저곳에는 짐승이 뜯어낸 듯이 붉은 속
살을 드러냈지만, 큰 부상은 없었다.

철혈군자는 재미나다는 듯 입 꼬리를 들어올렸다.

"좋다. 지어주지. 철하일선(鐵河一線)이 어떠냐?"

하정천이 고개를 저으며 걸어나왔다.

"싫소. 그리 마음에 들지 않소이다. 나중에 내가 짓겠
소."

"나중에? 나중에라……. 허허허헛. 헌데 네 녀석은 검보
다는 주먹을 더 잘 쓰는구나. 차라리 그 주먹질의 이름을
지어주랴?"

하정천이 고개를 저었다.

"이건 이미 이름이 있소."

"이름이 있다? 궁금하구나. 무어냐?"

하정천이 주먹을 들어 올리며 말했다.

"정권(正拳)이라 하더이다."

정권(正拳).

'바른 주먹질' 이라고 해석하면 될까?

무공의 명칭이라고 하기에는 너무도 심심한 이름이다.

하지만 달리 생각하면 광오하다할 명칭이기도 하다.

권법으로써 근원적인 형태와 형식이라는 의미로 들리기 때문이었다. 혹은 권법의 완성형이라고 들릴 수도 있었다.

하지만 정권이라는 권법을 창안한 사람을 안다면, 모두 가 고개를 끄덕일 것이다.

"그렇군. 권황 철리패의 것인가?"

철혈군자는 그렇게 말하며, 고개를 끄덕였다.

하정천이 말했다.

"그 분을 아시오?"

"만난 적은 없지. 하지만 모를 수가 있나. 이상한 일이 군. 너의 검에서는 분명 진무하가의 기풍이 느껴졌다. 그 런데 어째서 철리패의 권법을 익히고 있지?"

"비밀이오."

"비밀이라. 좋아. 너의 비밀은 지켜질 것이다. 넌 이 자 리에서 죽게 될 터이니."

불룩불룩, 하며 철혈군자의 오른쪽 어깨가 부풀어 오른다.

그 순간 하정천은 침을 꿀꺽 삼켰다.

'이제 일각이 조금 지났나?'

위수한은 이각만 버티라고 명령했었다.

하지만 철혈군자가 직접 나선 이상 더는 무리였다.

도주해야 한다.

도주한다고 해도, 살아남을 수 있을지 모르겠지만, 그것이 지금 하정천이 할 수 있는, 아니 해야만 하는 최선의 선택지였다.

그런데 발길이 떨어지지 않았다.

심장이 아직 뜨거웠다.

쥐어진 주먹은 펴지지가 않았다.

하정천은 작게 속삭였다.

"여기서 죽어?"

그런 건가?

이 자리가 나의 무덤이었나?

하정천은 감정이 느껴지지 않는 시선으로 주변을 둘러보았다.

부서지고 무너진 건물과 시체들.

바닥을 채운 핏물.

어렸을 무렵 하정천이 막연히 그려보았던 지옥의 풍경

이 딱 이랬었다.

'나, 이런 곳에서 죽는 건가?'

하정천의 시선이 다시 돌아와 철혈군자를 향했다.

그의 얼굴에 잔뜩 일그러진다.

그건 항상 단정한 하정천 답지 않은, 굶주린 짐승처럼 섬뜩하고 위협적인 표정이었다.

"그리 나쁘지 않아."

휘이이이이이익!

바람이 갈리는 소리와 함께 하정천의 옆으로 누군가 내려섰다.

"나쁘지 않죠?"

하정천은 슬며시 눈동자만 굴려 내려선 사람을 바라보았다.

아니나 다를까, 재경이었다.

재경은 어색하게 웃으며 변명하듯 말했다.

"놓고 온 게 있어서요."

"그게 네 목숨이라던가, 의리라던가, 그딴 헛소리를 하면 진짜 화낼 거다."

하정천의 말에 재경은 움찔했다.

그러자 하정천이 한심하다는 듯 짧은 한숨을 쉬며 물었다.

"둘 중 뭐라 하려 했냐?"

"제 목숨으로……."

하정천이 다시 한숨을 푹 쉬었다.

재경이 눈치를 보다 넌지시 물었다.

"그럼 의리로……?"

하정천이 다시 한숨을 쉬며 듣기도 싫다는 듯 고개를 절레절레 흔들었다.

"자. 이제 유언은 나누었느냐?"

철혈군자의 목소리에 하정천과 재경은 얼굴을 굳혔다.

그의 양 어깨가 어느새 두 배쯤 부풀어 올라 있었다.

재경이 검을 높이 치켜들며 한 걸음 앞으로 나섰다. 그러며 하정천이 들으라며 말했다.

"제가 길을 엽니다."

하정천이 주먹을 가슴높이까지 들어 올리며 말했다.

"그러면 내가 길을 막으마."

재경이 씩하고 웃었고, 하정천 역시 송곳니를 드러내며 짐승처럼 섬뜩한 미소를 그렸다.

철혈군자가 말했다.

"지루하구나. 이제 기다려줄 만큼 기다려주었을 텐데?"

휙!

재경이 철혈군자를 향해 달려 나갔다.

바로 그림자처럼 하정천이 따라붙었다.

그 순간 철혈군자가 오른 주먹을 뻗었다.

부푼 오른 어깨가 줄어들며 손바닥에서 회백색 강기를 기둥처럼 뿜어냈다.

"으아아아아아아아압!"

재경은 기합성을 지르며 거칠게 검을 내리 그었다.

번쩍!

회백색 강기가 반으로 갈라진다.

재경은 검과 함께 상체를 땅바닥에 붙였다. 그러자 뒤에 그림자처럼 붙어 있던 하정천이 재경을 넘어 튀어나와 주먹을 내질렀다.

"하아아아아아아압!"

정권!

그것은 권황 철리패가 겪어온 전쟁의 흔적이며, 그 모든 전투를 이겨냈다는 증거!

하정천이 주먹으로 철혈군자가 뿜어낸 강기를 뭉개버리며 나아갔다.

철혈군자는 코웃음치며 왼팔을 뻗었다.

콰아아아아아아아아!

회백색의 강기가 쏟아진다.

하정천은 그대로 뒤로 밀렸다.

그때, 재경이 튀어 나와 검을 마구 휘저었다.

그러자 그의 모습이 검의 그림자에 묻혀 사라졌다.

보이는 건 오직 검이 지나치며 만들어낸 궤적뿐이다.

회백색 강기를 가르고, 자르고, 찢고, 베고, 끊는다.

마치 수백 개의 검으로 이루어진 맹수가 먹잇감을 향해 달려드는 듯하다.

회백색 강기는 파편이 되어 흩어졌고, 재경은 힘을 다했는지 철혈군자의 코앞에서 주저앉았다.

그때, 하정천이 다시 재경을 넘어서 튀어나와 주먹을 내질렀다.

"으아아아아아압!"

하정천의 주먹이 철혈군자의 얼굴을 강타한다.

퍼억!

하정천의 입술이 올라가 기쁨의 미소를 그렸다.

하지만 바로 굳어 버리고 만다.

재경 역시 눈을 찢어져라 벌린 채 그대로 굳어 있었다.

터져 사라졌어야 할 철혈군자의 얼굴이 하정천의 주먹에 그대로 달라붙어 있었기 때문이었다.

철혈군자가 정권에 얻어맞아 왼쪽으로 돌아간 얼굴을 천천히 앞으로 되돌렸다.

하정천은 비틀비틀 뒷걸음질로 물러났다.

철혈군자가 손을 들어 올려 하정천의 주먹에 얻어맞은 자신의 오른쪽 볼을 쓰다듬었다.

"놀랍구나. 이 정도까지 해낼 줄은 몰랐다."

철혈군자의 전신이 불룩불룩 부푼다.

마치 그의 몸 안에 수십 개의 공이 숨겨져 있어 살갗을 뚫고 튀어나오려는 듯했다.

철혈군자의 전신이 회백색으로 물들어 갔다.

하정천이 재경이 들으라며 외쳤다.

"퇴보!"

은천대원으로써 수련을 받을 때 얻었던 협왕 위수한의 비기.

생사의 순간 단 한 걸음 물러남으로써 생사를 가로지르는 선 바깥으로 피할 수 있다는 구명줄.

하정천은 그때의 심득을 떠올리며, 뒤로 한 걸음 물러났다.

재경은 일어나, 몸을 비틀며 뒤로 발을 돌렸다.

거의 동시에 철혈군자의 전신에서 수십 개나 되는 회백색 빛의 기둥이 튀어 나왔다.

콰콰콰콰콰콰콰콰콰콰콰쾅!

수백 개의 화포가 쏟아져 내린 것처럼 땅이 뒤집히고, 하늘이 흔들렸다.

뒤이어 흙먼지가 구름이 되어 하늘에 닿을 듯 솟구쳐 올랐다.

잠시 후, 수십 개의 회백색 빛살은 일제히 사라졌다.

스윽.

철혈군자가 손을 가볍게 휘젓자, 한 치 앞을 구분할 수
없을 정도로 자욱했던 먼지구름이 단숨에 흩어져 버렸다.

그에게서 십여 걸음 떨어진 자리, 바닥에 깔려 있는 핏
덩어리 두 개가 보인다.

하정천과 재경이었다.

철혈군자는 가만히 그들을 바라보다가 몸을 돌렸다.

"가자! 시간을 너무 지체했다!"

휘익!

그는 바람이 되어 사라졌고, 비문전인들은 화살이 되어
그의 뒤를 쫓았다.

남겨진 자리, 핏덩어리가 된 하정천과 재경의 몸이 들썩
인다.

하정천의 입이 벌어졌다.

"왜……, 쿨럭, 쿨럭. 우리를…… 살려…… 준 걸까?"

그들이 스스로 살아남은 게 아니라 철혈군자가 살려준
거다.

대체 왜 그랬을까?

엎드린 상태였던 재경의 몸이 비틀려 땅바닥에 묻혔던
얼굴을 빼낸다.

"모, 모르겠…… 습니다. 으윽!"

"아…… 프냐?"

"형님은 안 아픕…… 니까?"

 11

"모르겠……다."

하정천의 눈동자가 하늘을 향한다.

밤하늘을 수놓은 별들이 그를 내려다보며 은은한 미소를 짓는다.

저 미소의 의미는 뭘까?

살아서 다행이라고 위로해주는 건가?

아니면 적의 동정을 받아 살아남았다며 조롱하는 걸까?

위정천이 속삭였다.

"재경아. 아직 우린 모…… 르는 것 투성…… 이구나."

재경이 그를 따라 하늘의 별들을 눈에 담으며 속삭였다.

"그러…… 게요."

†

쉬이이이이이이이이익!

형하에서 동쪽으로 이십여 리 정도 떨어져 있는 평야, 두 줄기의 빛살이 어둠을 가르며 질주한다.

위수한과 인문주였다.

그들의 뒤로 따라붙은 이는 없었다.

기감을 넓혀 살펴보아도, 근방 십 리 안에 사람의 기척은 느껴지지 않는다.

하지만 안심할 수는 없었다.

위수한은 고개를 들어 하늘을 올려다보았다.

십여 마리의 수리가 별들 사이를 노닐고 있는 광경을 볼 수 있었다.

저 매들이 천외비문의 눈이 되어주고 있으리라.

'없애야겠어.'

지금까지는 천외비문에게 아직 통제 아래 있다는 확신을 주기 위해 내버려 두었다.

하지만 이제는 끊어낼 때이다.

위수한은 정수리 위에서 떠도는 수리떼를 없애기 위해 손가락에 힘을 주었다.

그러자 새하얀 깃털 같은 강기가 맺히기 시작했다.

비천우지(飛天羽指)라고 불리는 그만의 독문무공을 발현할 준비를 하고 있는 것이었다.

하지만 그는 비천우지를 쏘아내지 못하고 그대로 흩어버렸다.

수리들 위로 짙게 깔리는 커다란 그림자 때문이었다.

그림자는 수리들을 향해 떨어졌다.

쾌애애애애애애액!

찢겨진 날개와 살점 그리고 내장조각이 쏟아져 내린다.

그렇게 십여 마리의 수리는 모조리 사라졌고, 거대한 그림자만이 별빛을 가린 채 떠 있었다.

그림자 속에서 거대한 눈동자 두 개가 떠오른다.

하나는 달처럼 은은하고, 다른 하나는 태양처럼 붉고 따 갑다.

한 쌍의 눈동자는 가만히 위수한을 내려 보고만 있었 다.

위수한이 굳은 얼굴로 그 눈동자를 마주보며 속삭였다.

"귀응(鬼鷹)인가?"

귀응!

수라천마 장후를 상징하는 세 마리의 괴물 중 하나.

그 중 제일은 칠흑의 야수 천마흑호라 하지만, 저 귀응 역시 그에 못지않은 괴물이었다.

하지만 아무리 저 귀응이 전설상에서나 나올 법한 괴물 이라고 하여도 위수한이라면 상대할 수 있었다.

문제는 귀응이 아니라, 귀응을 이곳까지 보낸 존재였다.

'그가……'

귀응을 보내 주시하도록 시킨다는 건, 수라천마 장후가 곧 이리로 올 지도 모른다는 뜻이었다.

'그의 적이 된다.'

수라천마 장후는 다시 태어남으로써 과거와 달리 관대 해졌다.

하지만 적을 대하는 방식만은 과거보다 잔인하고 냉혹 했다.

더욱이 전쟁을 치르려는 시점의 그는 더욱 단호하다.

61

아군이 아니면 적!

중간은 없다.

해와 달이 동시에 떠있는 것만 같아 보이는 귀응의 눈동자가 이리 말하는 듯하다.

이제 곧 나의 주인께서 오신다.

마음의 준비는 되었느냐?

네가 내린 결단을 후회하느냐?

그렇다면 지금이라도 늦지 않았다.

라고…….

위수한이 귀응을 노려보며 외쳤다.

"좆까라 그래!"

해와 달을 연상시키는 한 쌍의 눈이 스르르 줄어들며 사라진다.

그림자는 그대로 하늘 위로 올라갔고, 점이 되어 사라졌다.

대체 왜?

그 순간 위수한이 인문주를 잡고 멈췄다.

그리고 고개를 내려 정면을 노려보았다.

지평선 저면 어둠 속에 홀로 서 있는 사내의 모습이 보였다.

사내는 기다리고 있었다는 듯 위수한을 향해 어서 오라며 손짓했다.

하지만 위수한은 한 걸음도 떼지 못하고 침만 꿀꺽 삼켰
다.

사내가 입을 쩍 벌려 웃는다.

"크큭. 이런 날이 언젠가 올 줄은 알았는데, 이렇게 빠
를 줄은 몰랐어. 크하하하하하하하하하핫!"

위수한이 어색하게 웃으며 말했다.

"일교주님, 아니, 선배님. 아니지. 어르신. 그간 안녕하
셨습니까?"

사내가 웃음을 거두고 친근한 목소리로 말했다.

"그냥 괴겁마령이라 불러라. 죽고 죽일 사이에 경칭은
무슨."

그러며 사내 괴겁마령은 위수한을 향해 걸음을 옮겼다.

†

괴겁마령!

현 마도의 종주라고 할 수 있는 인물.

수라천마 장후가 없었다면, 그가 바로 천마라고 불리지
않았을까?

괴겁마령은 거인이다.

쉽게 움직이지 않지만, 한 번 움직이면 꼭 결과를 보아
야 멈춘다.

그렇기에 평소에는 있는 듯 없는 듯하지만, 일단 그가 나서면 온 세상의 권력자들이 촉각을 곤두세운다.

그리고 그가 향하는 곳이 자신이 아니기를 기원한다.

괴겁마령이 도착한 장소에서 벌어질 풍경은 처절한 죽음과 참혹한 파멸뿐이기에.

그런 괴겁마령이 움직인다.

그런 괴겁마령이 걸어가고 있다.

협왕 위수한, 바로 그를 향해…….

그리고 위수한의 앞에 이르자, 목적지에 도착했다는 듯 멈춰 섰다.

위수한은 겉으로는 반갑다는 듯 환한 미소를 지었지만, 마음속으로 부르짖었다.

'망했다!'

괴겁마령이 고개를 슬쩍 돌려 인문주를 바라보았다.

그와 눈이 마주친 인문주는 파르르 몸을 떨며, 저도 모르게 무릎을 살짝 굽혔다.

괴겁마령의 눈동자 저편에서 거대한 괴수가 꿈틀거리는 본 것 같았다.

'처, 천문주?'

천외비문 서열 일위이자, 천외비문 최강의 고수인 천문주에게서나 느낄 수 있었던 존재감이다.

인문주의 무릎이 점점 더 굽혀진다.

마치 괴겁마령의 눈빛에 거대한 암석이 매달고 날아가 그를 내리 누르는 듯하다.

더는 버틸 수가 없는지 인문주가 입이 비틀리며 신음을 흘렸다.

"으으으으으윽."

괴겁마령의 눈을 피해 고개만 돌리면 이 압박감이 사라질 것 같은데, 누군가 목에 철심이라고 박아 고정한 것처럼 돌아가지 않는다.

눈동자만이라도 돌려 마주한 시선을 피하려고 해도 마찬가지였다.

"으으으으윽."

인문주의 얼굴이 새빨갛게 물들었다.

이제는 숨을 쉬기도 힘들다.

그때였다.

스윽, 위수한이 한 걸음을 옮겨 인문주의 앞을 가렸다.

그제야 인문주는 숨을 쉴 수 있었다. 엉덩이가 땅에 닿을 만치 굽혀졌던 무릎도 필 수가 있었다.

위수한이 친근한 어조로 말했다.

"일교주님, 우리 사이에 왜 이러십니까? 허허허. 이렇게 만난 것도 인연인데, 우리 어디 조용한 데 가서 술이나 한 잔 하며 그 동안의 회포나 풀면 어떻겠습니까?"

괴겁마령은 대답치 않고, 그저 위수한을 물끄러미 보았다.

잠시 후, 위수한이 시름어린 한 숨을 쉬었다. 그러며 진지한 표정으로 목소리를 낮게 깔아 말했다.

"시간을 좀 주십시오. 부탁드립니다."

그러며 고개를 푹 숙인다.

하지만 괴겁마령은 여전히 가만히 바라만 보았다.

위수한이 애원하듯 말했다.

"일교주님. 살릴 사람은 좀 살립시다. 제가 이 사람에게 듣고, 거를 건 거르고 해서, 천외비문의 문도 중에서 살릴 놈만 좀 골라내겠습니다. 그때도 마음에 안 드시면 제 목을 내밀어 드리죠. 그때 자르십시오."

그제야 괴겁마령의 입이 벌어졌다.

"전쟁은 이미 시작되었다. 죽일 놈과 살릴 놈을 가릴 여유 따위는 없어."

"압니다. 그러니 내가 대신 해드리겠다 하지 않습니까?"

"널 어떻게 믿지?"

위수한이 침을 꿀꺽 삼켰다. 그리고 오른팔을 천천히 들어 올리더니 괴겁마령에게 내밀었다.

협상이 통하지 않는 듯하기에 결국 싸우려는 걸까?

아니었다.

"이 팔, 베어가시오. 담보요."

위수한의 말에 뒤에 가려져 있는 인문주가 깜짝 놀라 입을 벌렸다.

괴겁마령이 말했다.

"부족해."

위수한이 왼쪽 팔까지 내밀었다.

"이 정도면 되오?"

괴겁마령이 고개를 저었다.

"아니. 그대로 부족해."

위수한이 한숨을 푹 쉬었다. 그러더니 큰 결심을 했다는 듯 고개를 끄덕였다.

"좋습니다! 왼 다리까지 합시다. 오른 다리만은 하나만은 남겨주세요. 그대로 다리 한 짝 정도는 있어야 사람처럼 보일 것 아닙니까? 헤헤헤헤헤헤헤."

괴겁마령이 가만히 위수한을 바라보았다.

그러다 묻는다.

"왜냐?"

"뭐가 말입니까?"

"왜 이렇게까지 하는 거냐?"

"왜 이렇게 안하겠습니까? 내 팔 두 짝과 다리 한 짝이면 수천 명을 살릴 수 있는데, 안 그럴 이유가 없지 않습니까?"

괴겁마령이 눈이 부시다는 듯 눈매를 좁혔다.

"넌 별호 그대로 협의 왕이로구나."

위수한이 부끄럽다는 듯 어색한 미소를 지었다.

"강호의 동도들이 과분한 칭호를 붙여준 것입니다."

"네가 스스로 만들어 붙였다던데?"

"그런 말도 들리긴 하지만 낭설입니다."

"큰형님께서 그러시던데? 그 분께서 헛말을 지어내시기라도 했다는 거냐?"

위수한이 고백하듯 말했다.

"생각해보니 제가 지었던 것 같습니다. 어차피 붙을 칭호, 빨리 붙이는 게 여러모로 낫다 싶었죠. 헤헤헤헤헤."

괴겁마령이 고개를 끄덕였다.

"맞다. 여러모로 낫지. 나도 같은 생각이야."

"그렇지요? 헤헤헤헤헤."

"그러니 어차피 따야할 네 놈의 목, 지금 따는 게 낫지 않겠느냐?"

위수한의 표정이 굳었다.

"그 얘기가 그렇게도 되나요?"

괴겁마령이 고개를 끄덕였다.

"그렇게도 되지."

위수한은 답답한 한숨을 내쉬며 그에게 내밀었던 팔을 아래로 내렸다.

그리고 고개를 푹 숙인다.

"꼭 이러셔야 겠습니까?"

괴겁마령이 말했다.

"큰 형님께서는 마지막까지 기회를 주라고 하셨다. 천외비문과 전쟁을 치르는 지금, 너라는 적까지 만드는 건 꽤나 위험한 일이라 하시더군. 하지만, 내 생각은 달라."

눈매를 칼날처럼 좁힌다.

"그보다는 너라는 동료를 만드는 게 더욱 위험해."

위수한이 눈썹을 좁히며 진지한 얼굴로 말했다.

"알겠소. 더는 구질구질하게 굴지 않으리다. 맞소. 언젠가 이런 날이 올 줄 당신도 나도 알고 있었지."

그리고 휙 고개를 들더니 거만하게 괴겁마령을 내려 보며 말했다.

"한판 뜨자, 새끼야."

괴겁마령이 빙긋 웃었다.

"그래. 그렇게 나와야지."

쉬이이이이익!

위수한의 전신에서 새하얀 깃털 같은 강기가 쏟아져 나와, 화살이 되어 괴겁마령에게 날았다.

그 순간 괴겁마령이 몇 마디 말을 남긴 채 검은 안개가 되어 흩어졌다.

"그 전에 명령부터 완수해야겠지?"

위수한이 뿜어낸 깃털형태의 강기가 돌아와 인문주를 휘감았다.

하지만 조금 늦고 말았다.

천마재생

푹!

인문주가 핏물을 흘리며 주저앉는다.

핏물을 뿜어내는 그의 심장 부위에 화살같이 얇고 가느다란 검은 강기가 꽂혀 있었다.

"인문주!"

위수한은 고함치며 인문주를 안고, 그의 심장에 아직도 꽂혀 있는 화살같이 얇고 가는 검은 강기를 단숨에 흩어버렸다.

그리고 손가락을 세워 심장주변의 혈도를 막았다.

그로써 인문주의 가슴에서 흘러내리던 피는 멈췄지만, 상처까지 봉합할 수는 없었다.

위수한이 갑자기 인문주의 몸을 가슴에 끌어안았다.

콰아아아아아앙!

굉음이 터지는 동시에 위수한은 인문주와 함께 십여 장 정도의 거리를 나뒹굴었다.

위수한이 서 있던 자리, 괴겁마령이 보였다.

그의 전신에서 검은 강기가 구름처럼 흘러나와 화염처럼 넘실거렸다.

위수한은 그런 괴겁마령을 죽일 듯한 눈으로 노려보았다.

괴겁마령은 빙긋 웃으며 오른팔을 들어올렸다.

"임무는 완수했으니, 이제부터 여흥을 즐겨보세."

그의 손바닥에서 검은 강기가 쏟아져 나온다.

위수한은 빠르게 고개를 숨기고 등으로 그가 뿜어낸 강기를 받았다.

콰아아아아아아아아아아아앙!

위수한의 표정이 고통으로 일그러진다.

그의 등을 가격하는 검은 강기는 해일처럼 더욱 부풀어 갈 뿐, 줄어들지 않았다.

하지만 위수한은 그저 이를 악물며 버텼다. 피할 수는 있지만, 그랬다가는 품에 안긴 인문주가 당장 죽을 것이 분명하기 때문이었다.

인문주의 힘없는 목소리가 위수한의 귓속에 흘러든다.

"살려 주시오."

위수한이 버럭 소리 질렀다.

"살려주고 있잖소!"

인문주가 힘겹게 고개를 저었다.

"아니. 나 말고, 우리 인문을."

인문주가 손을 들어 위수한의 심장부위에 붙였다.

"천근계보를 드리겠소. 살려주시오, 우리 인문을."

스으으으윽.

위수한은 뭔가가 자신의 가슴에 흘러드는 것을 느끼며 깜짝 놀랐다. 그건 아무리 위수한으로서도 막을 수가 없었다.

아니, 막기가 싫었다.

맑고 깨끗하며 시원하다.

이 기분을 뭐라고 해야 할까?

마치 한 여름 더위를 피해 계곡물 안으로 몸을 담근 것 같다고 해야 하나?

하지만 그로 인해, 내공의 흐름을 유지할 수 없어 괴겁마령의 공격을 막기 위해 등 뒤에 두른 호신강기가 얇아지고 있었다.

이대로는 위험하다!

그때였다.

"인문주우우우우!"

하늘과 땅이 뒤흔드는 우렁찬 외침!

동시에 위수한의 앞쪽에서 거대한 회백색 강기가 날아왔다.

이건 막을 수가 없다.

위수한은 아찔함을 느꼈지만, 회백색 강기는 위수한의 어깨를 스치더니, 괴겁마령을 향해 나아갔다.

괴겁마령은 위수한의 등을 가격하던 검은 강기의 방향을 틀어 회백색 강기에 맞대응했다.

콰아아아아아아아아아앙!

굉음이 울리며, 바람이 휘몰아쳤다.

그제야 위수한은 고개를 들어 전면을 바라보았다.

철혈군자였다.

철혈군자는 이글거리는 시선이 인문주를 향했다가, 위수한에게로 이어지더니, 괴겁마령에게 꽂혔다.

괴겁마령은 철혈군자를 향해 미소를 지어 보였다.

"당신이 바로 철혈군자라는 작자인가?"

철혈군자가 노여움을 숨기지 못하고 송곳니를 드러내며 외쳤다.

"감히 인문주를!"

괴겁마령이 어깨를 으쓱했다.

"솔직해지세. 오히려 감사해야 하지 않은가? 내가 당신을 대신하여 변절자를 숙청해주었으니까."

철혈군자가 외쳤다.

"본문의 일은 본문이 정리한다! 마졸 따위가 끼어들 일이 아니야!"

괴겁마령이 피식 웃었다.

"너희 같은 놈들은 속으로는 날뛸 정도로 기쁘더라도 겉으로는 그렇게 아닌 척하지. 뭐, 익숙해. 하루 이틀 일도 아니니까. 그저 한심할 뿐이야."

철혈군자가 빠드득 이를 갈았다.

"닥쳐라, 마졸아. 너의 입술을 찢어 혀를 뽑아내기 전에."

괴겁마령이 빙긋 웃었다.

"되면 해보게나. 그 전에 우선 저 여우 녀석 좀 치우고. 자네도 저 녀석이 거슬리지 않은가? 인문주가 죽기 전에 뭔가 받을 것이 있을 텐데? 천근계보라고 하던가?"

"천근계보……를 아는가?"

"그래, 바로 그거. 받아가. 우린 필요 없으니까. 어차피 다 죽여 버릴 놈들, 일일이 찾아내기보다 한 곳에 뭉쳐 놓으면 더 편하지."

철혈군자의 시선이 인문주에게로 돌아갔다.

인문주의 손이 위수한의 심장부위에 붙어있는 광경을 보고 침음성을 흘렸다. 그리고 크게 외쳤다.

"인문주, 그만 두시오! 천근계보를 외인에게 넘길 수는 없소! 내게 주시오! 내가 지키리다! 내가 천외비문을 바로 잡으리다!"

인문주는 못 들었는지, 아니면 무시하는지 오히려 위수한의 심장부위에 붙인 손에 더욱 힘을 주었다.

철혈군자는 어쩔 수 없다는 듯 힘없이 속삭였다.

"결국 이러셔야겠소?"

인문주는 여전히 듣지 못한 듯 무시했다.

그들의 대화가 마무리 되었다 싶었는지, 괴겁마령이 입을 열었다.

"난 저 여우 녀석의 목을 원하네. 그 목을 손에 쥘 수 있다면, 바로 돌아갈 수 있다네."

철혈군자가 물었다.

"그래서 어쩌라는 건가?"

"우리가 싸울 자리는 여기가 아니라는 거지. 동의하는
가?"

철혈군자가 입을 굳게 다물었다. 잠시 시간이 흐른 후
그의 머리가 힘겹게 아래로 내려갔다.

"좋소."

괴겁마령은 환하게 웃었다.

"크하하하하핫! 하여간 겉으로만 아닌 척하지, 끝에 몰
리면 다 이렇다니까. 푸하하하하하핫!"

위이이이이이이잉.

괴겁마령의 전신이 검게 물들어 마치 실처럼 풀려 나갔
다.

풀려나간 천은 한 번 허공을 크게 휘저은 후 모여들어
꼬이고 엮이더니, 다시 괴겁마령이 되었다.

아니, 괴겁마령의 모양을 한 헝겊인형이 되었다.

기괴하고 섬뜩하다.

철혈군자는 못 볼 것을 보았다는 듯 눈살을 찌푸렸다.

무공의 경지를 초월하면 신을 엿보는 지경에 이르게 된
다.

입신경이라고 불리는 경지.

하지만 때로는 극마경(極魔境)이라고도 불리곤 한다.

달리 구분하는 이유는 단순하다.

마공을 익혀서 경지에 이른 존재 중에는 신이 아닌 요괴가 되는 자가 있기 때문이다.

바로 괴겁마령처럼.

저건 있어서는 안 될 존재이다.

인성이 사라진 괴물에 불과하니까.

헝겊인형의 모습을 한 괴겁마령의 입이 쩍 벌어진다.

"보아하니 시간이 부족한 듯한데, 나를 조금 도움은 어떠신가?"

철혈군자의 얼굴이 일그러졌다.

방관하는 것도 죄스러운데, 방조하라하니 참기 힘든 모양이었다.

하지만 철혈군자는 위수한의 심장부위에 닿은 인문주의 손이 백색으로 물들어가는 것을 보자, 어쩔 수 없다는 고개를 끄덕였다.

"좋소."

불룩불룩.

철혈군자의 전신이 곳곳이 둥글게 부풀어 올랐다.

마치 수십 개의 공이 그의 피부를 찢고 튀어나오려는 듯했다.

거의 호응하듯 구멍으로 이루어진 괴겁마령의 눈코입이 늘어나며 연결되더니, 하나의 크고 둥근 구멍을 이루었다.

그 안에 갇혀 있던 세 마리의 겁수(劫獸), 괴겁삼재 중 화염으로 이루어진 늑대무리 괴겁낭군(壞劫狼群)이 쏟아져 나온다.

화염으로 이루어진 늑대무리가 아가리를 쩍 벌리고, 발톱을 날카롭게 세우며 위수한을 향해 질주했다.

거의 동시에 철혈군자의 전신에서 포문이 열리듯 수십 개의 구멍이 생기며 위수한을 향해 회백색의 강기 수십여 개를 쏟아냈다.

콰아아아아아아아아아아아아아앙!

굉음이 터지며, 왼쪽 하늘과 대지가 붉게 물들었다.

반면 오른쪽 하늘과 대지는 회백색으로 물들었다.

그런데 회백색 빛살과 화염이 맞물린 틈새, 새하얀 깃털이 솟구쳐 오르기 시작한다.

새하얀 깃털은 날개가 되어 화염과 회백색 강기를 밀어내며 세상을 하얗게 물들었다.

우렁찬 외침이 터져 나온다.

"그래! 다 덤벼라, 이 새끼들아! 내가 바로 협왕 위수한이다!"

第百三章.

넌 지켜라. 난 부순다

第百三章.

넌 지켜라. 난 부순다

화염으로 이루어진 새빨간 늑대무리가 흉악한 이빨과 손톱을 들이밀며 미쳐 날뛴다.

그것들이 흘리는 침은 불꽃이 되어 허공을 물들인다.

그것들은 굶주림을 참을 수 없는지 서로를 들이받고 물어뜯으며, 씹어 먹기까지 한다.

그것들이 뿜어내는 핏물과 떨어져 나오는 살점은 화산이 토해내는 용암만 같다.

그건 아름다우면서 불길하다.

괴겁삼재 중 겁화낭군!

말마따나 세상이 괴멸할 때 나타날만한 재난만 같다.

그 반대편은 또 어떤가?

회백색 빛살이 가득하다.

빛살에 닿는 건 터지고 부서지며, 흩어진다.

온통 뿌옇다.

모든 게 흐릿할 뿐이다.

하늘과 땅이 존재하지 않았던 태초에 세상의 모습, 혼돈
(混沌)이라는 형태가 바로 이와 같았다고 전해진다.

그렇다면 하늘은 사라진 걸까?

땅은 무너진 걸까?

회백색 빛살은 세상은 혼돈으로 되돌리려 쏟아지고, 그
반대편에서는 화염의 늑대무리가 혼돈조차 존재하지 않는
공(空)의 세계를 이루겠다는 듯이 달려든다.

그 사이 존재하는 건 사라진다.

아니, 사라졌다.

사라질 수밖에 없다.

당연한 과정이다.

당연한 결과이다.

만약 저 사이에서 존재할 수 있다면, 유지할 수 있다면,
그건 기적이라 불러야 마땅하리라.

아니면, 신의 장난이라던가.

위잉!

가벼운 진동이 인다.

밀거나 밀리며 대치하고 있는 회백색 빛살과 화염의 늑

대무리 사이에서 뭔가가 꿈틀거린다.

뒤이어 회백색 빛살과 화염의 늑대들의 틈새를 비집고 한줄기 빛살이 솟구쳐 올랐다.

새하얀, 손을 대면 하얀 눈이 묻어나오지 않을까 싶은, 순백의 빛이었다.

"으아아아아아아아아아아압!"

우렁찬 기합성과 함께 새하얀 빛살이 점점 부풀기 시작했다.

깃털과 같은 빛의 가루를 뿌리려 화염의 늑대무리와 회백색 빛살을 밀어내며 몸집을 키운다.

잠시 후, 둥글게 변한 새하얀 빛의 덩어리는 반으로 갈라지더니, 양 옆으로 내렸다.

그리고 다시 올라간다.

그건 마치 날개만 같았다.

아니, 날개였다.

날갯짓에 밀린 화염의 늑대들이 비명을 질러댄다.

혼돈을 만들어내던 회백색 빛살은 꺾인 가지가 되어 사방으로 튕겨 나간다.

새하얀 날개는 당연하다는 듯 화려하고 오만한 날갯짓을 거듭한다.

그 중심 한 사내가 서 있다.

협왕 위수한!

천마재생

그는 오연한 시선으로 주변을 쓸어보더니, 입을 쩍 벌렸다.

"그래! 다 덤벼라, 이 새끼들아! 내가 바로 협왕 위수한이다!"

광오한 그의 외침에 세상이 무릎 꿇는다.

마지막, 더는 물러날 데가 없는 곳까지 몰린 사람은 본연의 얼굴을 드러낸다.

하지만 물러날 곳이 없더라도 어떻게든 발 디딜 곳을 찾아내는 사람도 있다.

어떻게든 피해내고 마는 자.

어떠한 경우에도 살아남는 자.

자신이 창안한 최강의 무공조차도 물러나는 걸음, 즉 퇴보(退步)라고 명명한 자, 위수한.

하기에 그의 진면목을 본 사람은 아무도 없다.

하지만 이 순간, 그로써도 더는 물러날 곳이 없기에, 피할 수가 없기에 드러내고 마는 것이다.

이게 바로 협왕 위수한.

그가 지금껏 숨겨온 본연의 모습이었다.

†

휘이이이익.

평야를 가로지르며 달려가는 일단의 무리가 있다.

그들은 어둠보다 어두웠다.

새벽보다 음침했다.

그저 검고 흐릿하며, 사이하다.

그들의 선두에서 뒷짐을 쥔 채 달리는 청년만이 용모를 알아볼 수 있을 뿐이었다.

준수한 용모에 서글서글한 눈매, 그리고 여유가 느껴지는 미소.

혈우마령이었다.

혈우마령은 전면 지평선을 회백색으로 물들인 수십, 수백 개의 빛살을 바라보며 속삭였다.

"저것이 바로 천외비문의 수호법장인가? 대단하구나."

그러더니 히쭉 웃는다.

"하지만 저 정도는 요즘 꽤 흔하지."

그리고 살짝 눈동자만을 돌려 하늘과 땅을 새빨갛게 물들이며 넘실거리는 불꽃을 담았다.

화산이 터져 나오는 듯이 늑대의 형상을 한 불덩이가 넘실거리며 솟구쳐 오른다.

"겁화낭군인가? 역시 둘째 형님께서 오셨군."

등 뒤에서 목소리가 흘러나온다.

"주인님께서는 분명 저희에게 맡기겠다고 하셨습니다."

천마재생

눈이 하나 뿐인 사내, 풍음대인이었다. 평소와 다름없이 표정은 없고 말투는 담담했지만, 그의 눈빛에 불만이 엿보였다.

혈우마령이 부드러운 목소리로 말했다.

"그러니까 둘째 형님께서 큰형님의 명을 어겼다? 그러니 어쩌라는 거냐?"

풍음대인이 고개를 푹 숙였다.

"죄송합니다. 주제넘게도 망언을 하였습니다. 용서해주십시오."

"아니. 주제넘지도 않았고, 망언한 것도 아니야. 그러니 용서할 수도 없겠지?"

풍음대인이 침을 꿀꺽 삼켰다.

그러자 혈우마령이 빙긋 웃으며 손을 뻗어 그의 머리를 쓰다듬었다.

"귀여운 녀석. 농담이야. 하지만 조심해라. 내 앞에서 한 번만 더 내 형님을 그리 함부로 거론했다가는 하나 남은 눈도 뽑아버릴 게야. 봉사로 살기는 싫지?"

풍음대인이 말했다.

"명심하겠습니다."

"그래. 그나저나 장관이구나."

그러며 눈이 부시다는 듯 울부짖는 화염의 늑대무리와 쏟아지는 회백색 빛살을 바라보았다.

풍음대인이 말했다.

"죽었겠군요."

"누가?"

"위수한 말입니다. 곤란하게 된 것 같습니다. 주인님께서는 생포하라고 명령하셨는데……."

"죽어? 그 여우 녀석이?"

그러며 혈우마령은 어이없다는 듯 헛웃음을 터트렸다.

"하하핫. 내가 여우새끼라 부른다고 해서 그 녀석이 정말 여우새끼인 줄 아느냐?"

"하지만 저 정도면……."

"누군가 어떤 미치광이가 고금의 강자를 통틀어 서열을 정하곤 한다. 그 서열을 천종서열이라고 명명했다지. 세상은 고정되지 않았기에, 이따금 과거의 서열을 뛰어넘는 존재가 나타나곤 하니, 천종서열을 수시로 갱신한다고 한다. 그리고 알다시피 최근의 강호무림은 그 어떤 시대보다 치열하고 무서워. 왜 그런지 아느냐?"

"주인님께서 계시기 때문이지요."

"그렇지. 큰 형님께서 계시기 때문이다. 큰 형님을 상대하기 위해, 큰 형님을 견제하기 위해, 그리고 큰 형님께 복종하기 위해 살아가지. 큰 형님을 의식하지 않고는 살아갈 수 없는 시대이야. 그렇기에 자연스레 강해질 수밖에 없지. 예를 들어볼까? 네가 운이 좋은 시대에 태어났다면 당시의 무림을 통틀어 스무 손가락 안에는 들어갔을 거야."

"그렇군요. 저는 운이 좋은 시대에 태어난 것 같습니다."

혈우마령이 흡족하다는 표정을 지었다.

"넌 더 강해지겠구나."

"과찬이십니다."

"어찌 되었든 그런 시대야. 그렇기에 그 미치광이는 최근 갱신한 천종서열의 최상위에 현 시대의 무인들의 이름을 많이 적어 넣었더군. 그 중 십이 위에 둘째 형님의 이름이 기록되었지. 나? 창피하지만 이십 삼위라지. 그 천종서열을 만든 녀석, 미친 게 확실해. 고작 내가 이십 삼위라니. 하기야 큰 형님을 이 위라 했다더라. 그럼 말 다했지?"

풍음대인이 고개를 끄덕였다.

"미쳤군요."

"그래. 큰 형님께서는 그러시더군. '적당히 제멋대로 서열을 매겼구나. 대부분 흡사하지만 상위 십위 안은 다 틀렸어.' 그러며 둘째 형님께 말씀하셨지. '내 기준에 따르면 넌 팔위이다.' 그리고 이어 말씀하시길……."

그때였다.

화염의 늑대와 회백색 빛살이 맞물린 틈을 비집고 새하얀 빛살이 솟구친다.

하늘에 닿을 듯이 올라가던 새하얀 빛살은 둥글게 부풀어 오르더니, 반으로 갈라져 양 옆으로 벌어졌다.

날개.

그건 날개였다.

절로 입이 쩍 벌어질 만큼 경이롭고 아름답다.

풍음대인의 귀에 혈우마령의 목소리가 흘러든다.

"이러시더군. '천종서열 구위 위수한.'"

풍음대인의 하나 뿐인 눈이 어질 듯 벌어졌다.

"천종서열 구위?"

천종서열로 따지면 괴겁마령의 서열이 십이 위였으니, 위수한이 괴겁마령 보다 강하다는 뜻이다.

천종서열을 작성한 그 미치광이라는 작자는 위수한이 괴겁마령보다 한수 위라고 평가한 것이다.

혈우마령의 말이 이어졌다.

"이 또한 틀렸다. 위수한이 서열이 구위일 리가 있나. 한 이십 위 정도쯤 되지."

역시나.

"세상에 보여준 모습만으로는 그럴 거야. 하지만 놈이 진면목을 드러낸다면, 서열 칠 위이겠군."

서열 칠 위!

"그리고 이렇게 말씀하셨지. '그 녀석이 현 시대의 최강이겠지.' 놀랍지 않느냐? 아무리 큰 형님의 말씀이라고 하여도 믿을 수가 없었지. 아니, 솔직히 믿기 싫었어. 하지만 어쩌겠어?"

천마
재생

혈우마령이 보라는 듯 턱 끝으로 새하얀 날개를 가리키며 몇 마디를 덧붙였다.

"그게 사실인 것을."

†

위이이이이이이이이이잉!

화염의 늑대들이 새하얀 날개에 밀려 도망친다.

회백색 빛살은 꺾기고 끊어지며 흩어진다.

그 날개는 무쌍의 칼이며 방패이니, 그 무엇도 범접치 못하도다.

협왕 위수한을 상징하는 절대무공 비천신기 중 최강의 형태, 비천익신(飛天翼神)!

비천익신을 완성한 건 십여 년 전이지만 위수한은 단 한 번도 사용한 적이 없었다.

들킬까봐서 였다.

두려워서였다.

강대함은 적을 부른다.

오만함과 야망이라는 내부의 적과 질투와 경쟁이라는 외부의 적을.

그 모든 적이 두려웠다.

필요 없는 적이었다.

그렇기에 비천익신은 가지지 못한 것이라 여겼다.

아니, 없는 것이라 여겼다.

잊으려 했다.

하지만 이렇게 필요한 순간이 온다.

부족하기에 애걸해야 할 때가 온다.

힘이 없기에 억울한 때가 오고 만다.

아무리 밀어내고 피해도, 결국 이렇게 적이 몰려들고 만다.

"으아아아아아아아아아압!"

위수한이 우렁찬 기합을 토하자, 날개에서 튀어나온 깃털형태의 강기가 사방을 휩쓴다.

콰콰콰콰콰콰콰콰콰쾅!

닿는 것은 모조리 뚫고 부수며 갈라버린다.

화염의 늑대 무리는 꽁지를 말고 괴겁마령의 옆으로 돌아가 버렸다.

회백색 빛살은 사라져 버렸다.

폐허가 되어버린 세상은 위수한의 날개가 뿜어내는 새하얀 빛으로 물들어 버렸다.

위수한은 오연한 눈으로 철혈군자와 괴겁마령을 쓸어보았다.

싸움은 이제 시작이었다.

승패를 짐작할 수 없는 상대가 하나도 아니고 둘이다.

둘 모두를 상대해야 하는 지금, 삶과 죽음을 가로지르는 경계선은 분명 죽음 쪽으로 치우쳐 있다고 봐야했다.

'도망쳐야지.'

비천익신까지 드러낸 이상 도망칠 수는 있을 것이다.

굳이 생사의 경계선 위에 머물러 있을 필요는 없었다.

벗어나면 된다.

그런 위수한의 결연한 얼굴을 그 밑에 누워 있는 인문주가 눈이 부시다는 듯한 표정으로 바라보았다.

"고맙소."

위수한은 철혈군자와 괴겁마령만을 눈에 담으며 말했다.

"뭐가 말이오?"

"인문주가 되어주셔서……."

"뭐요?"

"천근계보를 가진 자, 그가 바로 인문주라오. 부디 우리 인문을 잘 이끌어 주십시오."

"이보시오, 그게 무슨……. 응?"

갑자기 위수한의 눈동자의 색이 연해지기 시작했다.

그러더니, 결국 이제 막 땅을 비집고 솟아오른 새싹을 떠올리게 하는 연두색으로 변했다.

"으음?"

그의 연두색 눈동자로 바라보는 세상에 수천수만 개의

빛이 들어왔다.

위수한은 바로 알 수 있었다.

그 수많은 빛이 바로 인문의 문도들임을.

그들의 위치와 마음이 손에 만져질 듯하다.

이 현상이 천근계보로 인한 것임을 바로 알 수 있었다.

수만 개의 빛 중 밝기가 유독 뚜렷한 이십여 개가 의지를 전해온다.

'팔십이대 인문주를 뵙니다.'

'저희 이십팔수(二十八宿)는 협왕 위수한을 팔십이대 인문주로 인정합니다.'

위수한은 알 수 있었다.

이 이십팔수라는 자들이 인문주와 함께 인문들 다스리는 이들이라는 것을.

또한 이들이 지금까지의 과정을 인문주의 눈을 통해 지켜보고 있었음을.

인문주가 그에게 천근계보를 맡기겠다는 것.

그리고 이렇게 맡겼다는 것.

그 의미가 무엇인지 이제야 알 수 있었다.

'인문 그 자체를 맡기겠다는 뜻이었구나!'

인문주는 지그시 눈을 감았다. 할 일을 다 마쳤다는 듯 개운한 표정으로 한숨을 길게 내쉰다.

그리고 들이키지 않았다.

천마재생

93

그렇게 그의 숨은 끊어져 버렸다.

위수한이 죽어버린 그를 물끄러미 내려 보았다.

어느 순간 힘없이 중얼거린다.

"젠장. 이러면 도망칠 곳이 없어지잖아."

철혈군자가 외쳤다.

"내놓아라! 그것은 네 것이 되어서는 아니 된다!"

뒤이어 괴겁마령의 광기어린 웃음소리가 울려 퍼졌다.

"크하하하하하하하핫! 비로소 완전히 우리의 적이 되었구나! 이제 더는 도망칠 수 없어! 크하하하하하하핫!"

휙 고개를 들어 올린 그가 철혈군자와 괴겁마령을 번갈아 본 후 외쳤다.

"도망치지 않아! 이젠 너희가 도망쳐라!"

†

새하얀 날개가 줄어들더니, 위수한의 전신을 휘감았다.

날개는 위수한의 몸에 달라붙어 늘거나 줄어들더니 마치 깃털로 이루어진 갑옷과 같은 형태로 변했다.

그러자 위수한의 몸이 둥실 떠오른다.

그러며 오만한 눈으로 발밑에 깔린 세상을 굽어본다.

그건 하늘을 다스린다는 상제가 땅의 마귀들을 징치하라고 내려 보낸 장수와도 같은 위엄이었다.

그를 올려보는 괴겁마령의 모습은 마귀라고 불러도 조금도 어색하지 않은 형상을 하고 있었기에 더욱 그런 건지도 몰랐다.

괴겁마령이 말했다.

"너의 선택을 존경한다. 감히 큰 형님의 적이 되고자 하다니. 용감하구나. 나로서는 상상도 못할 결정이야."

위수한이 송곳니를 드러냈다.

"상상을 못 하는 게 아니라, 안 하겠지. 나라고 하고 싶겠어? 그래도 어쩌나. 할 수 밖에 없지. 약하니까."

"약해? 네가? 협왕 위수한이? 하하하하핫! 재미난 농담이구나. 지금 네 모습을 보아라. 네가 무엇을 해내고 있는지 보아라. 이런 네가 약하다고?"

위수한은 크게 고개를 끄덕였다.

"그래, 난 약하다. 우리는 언제나 약해. 더럽고 억울하게도 우리는 언제나 그래. 하지만 인정해야지. 아니라며 부정한다고 해서 우리가 강해지는 건 아니니까. 그러니 차라리 자부해야 한다. 자긍심을 가져야 해. 그렇기에 난 이렇게 외친다. 들어라, 세상아! 난 약하다!"

괴겁마령이 어이없다는 듯 말했다.

"약하다는 게 자긍심을 가질 일인가? 처음 알았구만."

천마재생

"그래! 난 자긍심을 가진다! 정의! 대의! 협의를 추구하기에 그러하니까! 그게 우리가 약한 이유이니까! 우리는 욕심을 부려서는 안 되니까 그래! 우리는 야망을 품어서는 안 돼서 그래! 우리는 쟁취해서는 안 되어서 그래! 우리는 싸워 이겨봤자 가질 수 있는 게 없어서 그래! 그래도 어쩌겠어? 우리가 이기면 저 먼 곳 바닷가 어딘가에 홀로 살아가는 아이가 웃는다! 우리가 지면, 저 멀리 산골마을에 사는 나무꾼이 운다! 한 번 본 적이 없는 이들이 우리의 싸움에 웃고 운다! 한 번 볼 일 없는 이들의 목숨이 나의 어깨에 걸려 있다! 그게 내가 싸우는 이유이다! 내가 이겨야 하는 이유이다! 묻겠다! 난 약하다! 하지만 이긴다! 내게 걸려 있는 수많은 목숨이 날 이기게 만든다! 버티게 만든다! 살아남게 만든다! 네게 걸린 건 무엇이냐, 이 마귀야! 강대한 네가 나를 이길 수 있는 이유는 무엇이냐! 있기나 하느냐!"

괴겁마령이 감동했다는 듯 떨리는 목소리로 말했다.

"위대하구나. 너는 실로 협의 왕이로다."

그러더니, 구멍 같은 눈의 얇게 좁혀져 눈웃음을 친다.

"내가 이기는 이유는 위대한 너의 목을 잘라내어 내 방에 걸어두는 것. 그 정도면 충분해."

위이이이이이이잉!

괴겁마령의 눈과 코, 입이 연결 되어 하나의 커다란 구멍을 이루어 낸다.

그 안에서 불투명한 구렁이 같은 것이 튀어 나왔다.

괴겁삼재 중 하나인 바람의 구렁이, 겁풍망!

겁풍망은 괴겁마령이라는 우리에서 풀려나 기쁘다는 듯 아가리를 쩍 벌리며 괴성을 질러댔다.

우오오오오오오오오오!

겁풍망은 광폭한 바람을 온몸으로 뿜어내며, 먹잇감을 찾아 두리번거렸다.

공중에 홀로 떠있는 눈부시도록 새하얀 갑옷을 입은 위수한을 보자 뚝 하고 멈춘다.

괴겁마령의 목소리가 들렸다.

"그래, 바로 그게 너의 먹이이다."

겁풍망이 광풍이 되어 위수한을 향해 몰아쳤다.

콰콰콰콰콰콰콰!

위수한은 몰려오는 바람을 오연히 바라보며 오른손을 주먹 쥐고 등에 힘을 주었다.

그러자 그의 전신을 감싼 새하얀 갑옷이 칼날처럼 일어났다.

괴풍망이 목전에 이른 순간, 위수한이 거칠게 오른 주먹을 내질렀다.

"으아아아아아아압!"

97

전신에서 솟구친 수백 개의 칼날이 위수한의 오른 주먹을 타고 앞으로 뻗어나갔다.

스윽, 스윽, 스윽, 스윽.

위수한의 주먹에서 튀어나온 칼날은 괴풍망을 찢고 가르며, 잘라버리며 계속 나아갔다.

결국 괴풍망은 잔바람이 되어 흩어져 버렸고, 남겨진 위수한은 수백 개의 새하얀 칼을 이어붙인 괴상한 칼을 쥐고 있었다.

우화익검(羽化翼劍)!

그것이 바로 위수한이 구사할 수 있는 최강의 힘 중 하나이자, 그만의 병기였다.

위수한이 우화익검의 끝을 내려 괴겁마령을 가리켰다.

"네가 나를 이길 수 있는 이유는 없다! 그러니 도망쳐라!"

그리고 고개를 돌려 지금껏 지켜보고만 있던 철혈군자를 바라본다.

"들으시오. 당신에게는 아직 기회가 남아 있소. 나와 같이 약해질 것이요, 아니면 저 마귀처럼 강대함을 꿈꿀 것이요? 지금은 아무 말도 하지 마시오. 아무 것도 하지 마시오. 그저 돌아가시오. 보고, 듣고, 말하고, 고민하시오. 무엇이 옳은 것인지를. 무엇을 원하는 지를. 비겁해질지언정, 마귀는 되지 마시오. 이것이 내가 당신에게 주는 기회이자 충고요."

철혈군자는 가만히 위수한을 바라보았다.

그리고 어느 순간 손을 들어 올려 그를 향해 내밀었다.

"천근계보를 돌려주시오. 그러면 돌아가겠소. 아니, 당신을 돕겠소."

위수한이 눈을 부릅떴다.

"당신은 인문주가 무엇을 위해 스스로를 희생했는지 모르는가!"

"그러하기에 돌려달라는 거요. 내가 지키겠소. 그러니 돌려주시오."

위수한이 한심하다는 듯 물었다.

"그것이 당신의 선택이오?"

그러자 철혈군자가 버럭 소리 질렀다.

"아시오! 당신이 죽으면 인문도 죽어! 천근계보에 연결된 인문의 문도 중 최소 절반이 당신의 죽는 순간 심령에 충격을 받고 죽게 돼! 천근계보는 그런 것이야!"

듣고 있던 괴겁마령의 구멍뿐인 눈이 동그래졌다.

"호오? 그거 좋은 정보로군."

철혈군자는 다급히 손을 내저었다.

"그러니 내놓으시오! 당신의 말마따나, 당신은 약하오! 인문을 지켜야 하오!"

위수한은 지그시 눈을 감았다. 그의 눈두덩이가 연두색으로 물들었다.

천마
재생

천근계보로 인문의 문도들에게 의사를 전달하고자 하는 것이었다.

눈을 감아 검기만 한 시야에 수를 셀 수 없는 별이 떠올랐다.

그 중 스물여덟 개의 별이 더욱 밝은 빛을 뿜으며 다가왔다.

인문주와 함께 인문을 이끄는 간부들, 이십팔숙이 분명했다.

위수한이 의지로 묻는다.

'어찌할까요?'

이십팔숙은 대꾸한다.

'문주님의 뜻대로.'

'문주님께 맡깁니다.'

위수한은 그럴 줄 알았다는 듯 입가에 미소를 그렸다.

그러며 두 눈을 뜬다.

천근계보를 통해 전하는 의지를 입으로도 외친다.

"인문의 문도들은 들어라! 문주로써 처음으로 명한다. 밤이다! 아주 지독한 밤이다! 오늘 밤은 유독 어둡고 무섭다! 그래서인지 너무나 길구나! 마치 영원히 계속될 듯 하도다! 그러니, 명한다!"

그러더니 아이를 어르듯 부드러운 목소리로 속삭였다.

"잠을 자라. 악몽이라도 꾸어라. 아침은 아직 멀었으니까. 늦잠을 잘지 모른다며 걱정들은 마시게. 아침이 밝으면, 내가 깨워줄 터이니."

그의 시야 속에만 보이는 별들이 호응하듯 반짝인다.

잘 자겠다며 인사라도 하는 것만 같다.

위수한은 이제 되었다는 듯 결연한 표정으로 철혈군자와 괴겁마령을 쓸어보았다.

철혈군자는 그를 향해 내밀었던 손을 내렸고, 괴겁마령은 검게 물들어 갔다.

그때였다.

철혈군자의 뒤로 수십여 개의 빛살이 내려온다.

천외비문의 비문전인들이었다.

거의 동시에 괴겁마령의 뒤로도 수십 개의 그림자가 솟구쳤다.

혈우마령과 그가 데려온 수하들이었다.

괴겁마령은 슬쩍 고개만 돌려 혈우마령을 바라보았다.

혈우마령은 그 마음을 안다는 듯 빙긋 웃었다.

"큰 형님께서는 둘째 형님께서 이러하실 줄 알고 계셨습니다. 그러니 너무 심려치 마십시오. 죽이지는 않으실 겁니다."

"그 말이 위로가 될 것 같으냐?"

혈우마령이 어깨를 으쓱했다. 그리고 철혈군자에게로 시선을 돌렸다.

"저건 제가 맡겠습니다. 그러니 형님께서는 하고 싶은 대로 하십시오."

"큰 형님께서 그러라 하시더냐?"

"설마 죽이기야 하시겠습니까?"

그러며 혈우마령은 다시 어깨를 으쓱했다.

괴겁마령이 고개를 위로 젖히며 구멍뿐인 입을 쩍 벌렸다.

"크하하하하하핫! 그 말은 위로가 되는 구나!"

그 순간, 풍음대인이 한 걸음 나섰다.

"죽인다."

괴겁마령과 혈우마령의 고개가 동시에 풍음대인에게로 돌아갔다.

풍음대인이 둘을 번갈아보며 말했다.

"죽인다. 더 이상 제멋대로 구는 건 용납지 않아."

목소리는 다르나, 어조는 누군가와 너무도 닮았다.

위이이이이잉.

풍음대인의 미간에 푸른빛이 어리기 시작했다.

푸르다 하여 모든 빛깔이 다 같지는 않다.

이 푸른빛은 분명 한 사람만이 다룰 수 있기에 그를 상징하는 의미로 받아들여지고 있었다.

괴겁마령이 신음처럼 속삭였다.

"몽이동체술……."

과거 집마맹과의 전쟁 당시 수라천마 장후는 어디에든
나타날 수 있었다.

바로 이 몽이동체술을 통해 수백 리 바깥에서도 흑총마
자의 몸을 자신의 의지대로 조종할 수 있었기 때문이었다.

몽이동체술에 조종당하는 풍음대인이 괴겁마령을 가만
히 쏘아보며 말했다.

"너무 나대는 구나."

괴겁마령이 고개를 푹 숙였다.

"죄, 죄송합니다. 형님."

풍음대인은 그에게서 시선을 떼고 앞으로 걸어 나왔다.
그리고 이번엔 철혈군자를 시선에 담는다.

"너무 나대."

철혈군자는 긴장한 표정으로 침을 꿀꺽 삼켰다.

그리고 계속 걸어 나오더니, 고개를 들어 올려 공중에
떠 있는 위수한을 향했다.

"가장 나대는 구나."

위수한이 어색하게 웃었다.

"서, 선배. 제가 이러는 건 다만……."

풍음대인의 입 꼬리가 위로 올라갔다.

"닥쳐라."

위수한이 하려던 말을 꿀꺽 삼켜 버렸다.

풍음대인이 이어 말했다.

"마지막이다. 죽을 테냐? 아니면 살 테냐?"

위수한의 얼굴이 부들부들 떨렸다.

풍음대인이 말했다.

"셋을 세마. 하나."

위수한은 아무 말도 못하고 그저 입만 우물거렸다.

풍음대인의 목소리가 천둥처럼 울린다.

"둘."

위수한의 입이 벌어졌다.

"나는!"

풍음대인이 말했다.

"셋!"

거의 동시에 위수한의 우렁찬 외침이 터져 나온다.

"협왕 위수한이외다!"

풍음대인이 씩 웃었다.

"여우 녀석, 무모해졌구나."

"난 선배의 적이 되고자 함이 아닙니다! 천외비문의 동료가 되고자 함도 아닙니다! 다만 지키고자 하는 것뿐입니다! 억울하게 희생되는 이가 없도록 말입니다!"

풍음대인은 대꾸치 않았다. 그저 이 고기를 어떻게 쓸어버릴까 하는 눈으로 위수한의 전신을 쓸어보았다.

위수한은 어쩔 수 없다는 듯 한숨을 푹 내쉬며 속삭였다.

"아침은 오지 않겠구나."

갑자기 풍음대인이 몸을 돌린다.

"돌아간다."

괴겁마령은 이를 으드득 갈았고, 혈우마령은 아쉽다는
듯 어깨를 으쓱했다.

대체 왜일까?

이건 또 무슨 수작일까?

철혈군자가 외쳤다.

"수호법장이 협왕 위수한을 인문의 문주로 인정하오!"

위수한의 고개가 철혈군자를 향해 돌아갔다.

"더불어 수호법장에게 주어진 권한에 따라 천문과 지문
의 지위를 박탈하외다! 그로써 인문만을 천외비문으로 인
정하오!"

철혈군자의 뒤에 있던 천외비문의 비문전인들이 깜짝
놀라 외쳐댔다.

"무슨 말씀이십니까!"

"말씀을 거두어 주십시오!"

철혈군자는 뒤에서 들여오는 외침을 무시한 채, 위수한
을 향해 공수를 취하며 무릎을 굽혔다.

"수호법장이 천외비문의 문주를 뵙습니다!"

위수한의 눈이 찢어질 듯 벌어졌다.

"뭐, 뭐야. 뭐지, 이건?"

그제야 알았다는 듯 위수한은 풍음대인과 철혈군자를 번갈아보았다.

"설마, 짠 거야?"

풍음대인은 못 들은 척 계속 걸어갔고, 괴겁마령은 그 뒤를 그림자처럼 따라 붙었다.

혈우마령 만이 위수한을 향해 손을 휘저으며 말했다.

"축하하네."

위수한이 툭 하고 땅에 떨어졌다.

그는 자신이 땅에 떨어진 것조차 모르는지, 그저 넋 빠진 얼굴로 멀어지는 풍음대인의 등만을 바라보았다.

그의 곁으로 철혈군자가 다가왔다.

"당신께서 인문을 저버렸다면 내 손에 죽었을 겁니다. 반대로 인문을 위해 본 문의 변절자들과 손을 잡았다면 저들의 손에 죽었겠지요. 하지만 당신은 그 어떤 쪽도 선택하지 않으셨습니다. 당신을 모실 수 있게 되어, 영광일 뿐입니다."

위수한이 말했다.

"한 대만 때려도 되오?"

"수천 대라도 상관없습니다."

"그러지 마시오. 때리기 싫어지잖소."

"알겠습니다."

철혈군자는 허리를 펴더니, 얼굴을 쭉 내밀었다.

"때리십시오."

위수한이 한숨을 푹 쉬더니, 팔자걸음으로 형하 쪽으로 걸어갔다.

그 자리엔 상황을 알 수 없어 멀뚱거리는 천외비문의 비문전인들을 서 있었다.

위수한은 눈을 부라리며 시정잡배처럼 말했다.

"비켜, 새끼들아."

천외비문의 비문전인들이 양쪽으로 쫙 갈라졌고, 위수한은 당연하다는 듯이 그 사이를 걸어갔다.

그의 등을 향해 철혈군자가 외쳐 물었다.

"문주님! 어디 가십니까?"

위수한이 휙 고개를 돌려 철혈군자를 노려보며 이를 갈았다.

"보면 모르겠소! 이 허수아비 문주님은 술 마시러 간다오!"

그러며 형하를 바라보며 한 마디를 덧붙였다.

"아침이 올 때까지……."

†

걷고, 또 걷는다.

위수한은 밤하늘을 수놓은 별들을 따라 앞으로만 걸어갔다.

그의 걸음걸이는 어색했다. 그답지 않게 힘이 없었다. 그가 걷는 것이 아니라, 다리가 저절로 움직여 그를 끌고 가는 것만 같았다. 이따금 돌부리에 걸려 비틀거리기까지 했다.

그의 몸 어딘가에 줄이 매어져 있어, 누군가 당기는 대로 끌려가는 것만 같았다.

머리는 멍하다.

망치로 두들겨 맞은 것처럼 윙윙거렸다.

그래서인지 생각하기가 싫다.

너무너무 싫다.

몸은 무겁다.

며칠 동안 물에 담겨 있기라도 한 듯이 매가리가 없다.

그렇기에 움직이기가 싫다.

이대로 쓰러져 눕고 싶을 뿐이었다.

'그냥 누워버릴까?'

그래도 상관없었다.

이제 추적자는 없으니까.

더는 싸우지 않아도 되니까.

수라천마 장후가 만들어낸 놀이판 위에서 신나게 놀아나 주었으니까.

역할이 끝난 배우는 가면을 벗고 어느 구석이듯 관객이 보이지 않는 곳에 숨어서 쉬면된다.

다음 무대에 오를 때를 기다리며…….

"누구 마음대로!"

위수한은 허공에 삿대질을 하며 외쳐댔다.

"누구 마음대로 역할을 정해! 내 역할을 내가 정한다! 내가 정해 살고, 내가 정해 죽을 것이야! 아무리 당신이라고 해도 그럴 수는 없어! 알아듣겠소? 알아듣느냔 말이오!"

별은 말이 없다.

달은 지켜보기만 할 뿐이다.

위수한은 힘없이 손을 내리며 베실 웃었다.

"술이나 마시자, 쓰벌."

위수한은 고개를 푹 숙인 채, 다시 뭔가에 끌려가듯 힘없이 걸어갔다.

형하의 불빛은 돌아오지 않았다. 형하를 장악했던 천외비문의 비문전인들은 썰물이 빠지듯 사라져버렸지만, 그들이 남기고간 공포가 남아 어둠 속에 떠돌기에 아직 사람들은 돌아오지 못하는 모양이었다.

하지만 뒷골목으로 들어서자, 드문드문 불빛이 켜져 있었다.

이곳은 형하라고 속삭이는 듯하다.

비록 죽을지언정 불빛 속에서 향락을 쫓겠다고 말하는 듯하다.

위수한은 끌리듯 불빛 속으로 들어갔다.

들어와 보니 익숙한 곳이었다.

바로 몇 시진 전, 재경과 하정천이 합류할 때까지 머물고 있었던 곳이기에.

'이곳의 이름이 처녀향이라고 했던가?'

'처녀의 향기'라…….

노기(老妓)끼리 모여 발길을 잘못 든 뜨내기손님만 상대하는 이곳에 처녀가 있을 리 없었다.

그러니 처녀의 향기가 날 리가 없다.

그럼에도 위수한이 이곳에 다시 온 건 그가 거닐고 있는 이 뒷거리에 이곳만이 불이 켜져 있기 때문이고, 그나마 익숙하다는 이유로 발길이 자연스럽게 이리로 향했기 때문이었다.

위수한이 힘없이 문을 열고 들어가자, 마침 술상을 가지고 가로지르고 있던 한 여인이 뚝 멈추어 섰다.

고양이 눈에 입술이 도톰하여 야하다는 느낌을 주는 여인이었다.

처녀향의 주인인…….

"앵화로구나?"

위수한이 웃으며 하는 말에 여인이 외쳤다.

"앵화는 누가 앵화야! 내 기명은 애향이라니까!"

"그래, 앵화야. 넌 왜 도망치지 않았느냐?"

"앵화가 아니라 애향이라고 몇 번을……, 으휴. 도망가면 어디로 가고, 가면 뭐하겠소? 여기가 내 집이고, 내 목숨인 것을."

위수한이 눈매가 부드럽게 풀렸다.

"그래? 그랬더냐? 넌 애초에 도망갈 곳이 없었구나."

"당신은 있소? 없으니 이리 다시 온 거 아니오."

위수한이 힘없이 웃었다.

"허허허허. 그렇군. 그랬던 것 같구나. 힘껏 도망 다녔는데 결국 여기인 것을 보니, 나 역시 애초부터 도망칠 곳이 없었던 게구나. 허허허허헛. 허허허허허허허허."

뭐가 그리 웃긴지 배를 붙잡고 비틀거린다.

애향은 그런 위수한은 물끄러미 바라보다가 걱정스럽다는 듯 물었다.

"무슨 일 있으셨소?"

위수한이 고개를 내저으며 웃음 섞어 말했다.

"아니. 허허헛. 아무 일도 없었다. 아니, 있었지. 아주 좋은 일이 있었어. 수천 명의 수하를 얻었고, 천년의 역사를 계승했구나. 기연이지. 이루 말할 수 없는 행운을 얻었지."

"그런데 왜 그러시오?"

"그러게. 왜 이럴까? 허허허허헛. 좋은 일에는 축하를 해야지. 자, 술이나 좀 주어라."

애향이 어색한 미소를 지으며 고개를 저었다.

천마재생

"이거, 어쩌나. 술이 다 떨어졌소."

"뭐? 술집에 술이 떨어져?"

"그렇게 되었소. 애들도 다 도망쳐서 나 밖에 남아있지 않소. 그러니 바로 요 옆집에 가보시오. 내 이름 대면 잘 해줄 거요."

위수한이 턱 끝으로 애향이 손에 들고 있는 쟁반 위, 호로병을 가리켰다.

"그러면 그건 뭐냐?"

애향이 그제야 발견했다는 듯 자신의 손에 들린 쟁반으로 고개를 돌렸다.

"아, 이거? 술이지요."

"없다며."

"마지막 남은 거요."

"나 주라."

애향이 고개를 도리질 쳤다.

"안 돼요."

위수한이 버럭 소리 질렀다.

"좀 주라!"

"뭘 만날 달래! 못 줘요! 이거 벌써 팔린 거예요."

"손님이 있어?"

"네. 한 분이요. 당신이 가고 나서 바로 들어오셨어요. 그 분이 우리 집 술창고를 다 비워 버렸죠. 엄청나더라고

11

요. 사람 같지가 않아요."

갑자기 위수한의 표정이 굳었다.

"그 사람 같지 않다는 손님, 어디 있냐? 좀 뵙자. 술 좀 양보 해달라고 하게."

"뭘 양보를 해. 그냥 옆집에 가라니까요. 거기에 제 기명을 대면 잘 해줄 거……, 이봐요. 이봐요!"

위수한은 그녀가 말을 맺기도 전에, 인기척이 느껴지는 방향으로 걸어갔다.

애향은 바로 뒤따라와 계속 뭐라고 말을 했지만, 위수한은 듣는 척도 하지 않았다.

인기척이 느껴지는 곳은 처녀향의 가장 깊고 은밀한 내실이었다.

위수한은 벌컥 문을 열고, 이를 드러내며 으르렁거렸다.

"역시……."

방 안, 어둠 속에서 단아한 자세로 앉아 술잔을 기울이고 있는 청년이 보인다.

청년은 술잔을 내려놓으며 말했다.

"왔느냐?"

위수한은 이를 으드득 갈았다.

청년이 고개를 돌려 그를 바라보며 희미한 미소를 지었다.

"앉아라, 여우 녀석아. 아니지. 이제 천외비문주라고 불러야 하나?"

위수한이 느리게 고개를 저었다.

"아니오. 허수아비라 불러주시오, 장후 선배."

그러며 이를 빠드득 갈았다.

†

또르르.

잔에 술이 차오른다.

위수한은 술이 마시고 싶었다.

아침이 밝을 때까지 형하의 모든 술을 비워내려 했다.

정신을 차릴 수 없을 정도로 취하려 했다.

그런데 자신의 앞에 놓인 잔에 담기는 술을 보니, 마시기 싫다는 생각이 들었다.

대신 술잔을 들어 올려 그 안에 담긴 술을 자신의 앞에 마주 앉은 남장후의 얼굴에 끼얹어버리고 싶다는 욕심이 든다.

그래 볼까?

"죽는다."

남장후의 한 마디 말에 위수한은 한숨을 쉬었다.

"뭘 그렇게 다 아십니까. 생각 정도는 마음대로 합시다, 좀!"

위수한은 술잔을 집고 높이 들어올렸다.

남장후가 물었다.

"축배라도 들자는 거냐?"

위수한이 고개를 저었다.

"아니요. 전별주(餞別酒)를 들자는 겁니다. 인문주, 그를
위해서!"

남장후가 가소롭다는 듯 피식 웃었다.

"그는 죽어 마땅했다."

위수한이 버럭 소리 질렀다.

"그는 좋은 사람이었습니다!"

남장후가 고개를 끄덕였다.

"그래. 그는 좋은 사람이었지. 그러나 좋은 사람이기 위
해 천외비문의 변모를 외면하고 방관했지. 그는 책임을 져
야 했다. 너도 알지 않느냐?"

"그러면 책임을 질 기회를 주셨어야 하지 않습니까!"

"주었지 않느냐. 이렇게."

"꼭 이렇게 주셨어야 합니까? 그에게 천외비문을 바로
잡을 시간을 주셨으면 안 되었습니까?"

"줄 수 있었다. 할 수만 있다면. 그가 할 수 있었겠느
냐?"

위수한은 남장후의 질문에 답하지 못했다.

남장후는 그럴 줄 알았다는 듯 싱긋 웃었다.

"그러니 그는 죽어야 했다. 이렇게."

위수한이 술잔을 단숨에 비웠다.

그리고 술병을 거칠게 집어 들어 자신의 잔에 채우더니, 다시 높이 들었다.

남장후가 물었다.

"축배를 들자는 게냐?"

"아니요! 이 또한 전별주입니다. 이제 전 당신의 동료가 될 수 없으니까요. 새로운 천외비문의 문주가 되었으니, 전 당신을 지켜볼 수밖에요. 당신께서 틈을 보일 때를 노리며 웅크릴 수밖에요. 안 그렇습니까?"

남장후는 고개를 끄덕였다.

"옳다. 그래야지."

"대체 왜! 내게 왜 이러는 겁니까! 왜 나를 이리 내모시는 겁니까! 왜 나를 도망도 치지 못하도록 만드시는 겁니까!"

"너니까 그렇다."

"그게 무슨 말입니까! 알아듣게 좀 말씀해 주십시오!"

"너 밖에 없으니까 그렇다."

위수한이 술잔을 탁자에 내리 꽂았다.

쾅!

그리고 위수한이 남장후를 향해 고개를 불쑥 내밀었다.

거의 코가 닿을 정도로 가깝게 다가선 위수한이 당장에 남장후를 죽이겠다는 눈으로 노려보며 위협하는 듯이 속삭인다.

"아십니까? 당신은 제게 힘을 주었습니다. 천외비문이라는 힘. 이건 제대로 다룰 수만 있다면 당신조차 넘볼 수 있는 힘이지요. 아십니까? 그 힘으로 내가 무엇을 할지요? 저는 모르겠습니다. 하지만 선배께서는 아시겠죠? 선배께서는 모르는 게 없지 않습니까? 네? 그렇지요?"

남장후는 빙긋 웃었다.

"알지. 알다마다. 넌 그렇게 하면 된다."

"저를 죽이시려면 이 자리에서 목을 자르면 되지 않습니까! 또 뭘 꾸미시는 겁니까!"

"넌 너대로 살면 된다. 지금처럼 말이다. 너에게 힘이 실리는 건, 아주 좋은 일이야."

그 순간 위수한의 눈이 커졌다.

"설마?"

남장후의 미소가 부드럽게 풀렸다.

위수한이 침을 꿀꺽 삼킨 후 물었다.

"적이 그렇게 강합니까?"

남장후는 대꾸치 않았다.

위수한이 다급히 다시 물었다.

"선배께서도 자신할 수 없을 정도입니까? 그래서 제게 힘을 모으시는 겁니까? 나중을 위해? 질 수도 있어서?"

그제야 남장후의 입이 벌어졌다.

"넌 지켜라. 난 부순다. 그게 우리가 할 일이야. 지금까지 그래왔듯이. 앞으로도 그렇게."

남장후가 자신의 술잔을 들어올렸다.

"들자, 전별의 잔을."

위수한은 가만히 남장후의 얼굴만을 바라보았다.

남장후가 술잔을 자신의 입에 가져가며 말했다.

"해와 달이 함께 떠서는 아니 된다. 밤이 낮을 넘어서는 아니 돼. 그게 우리가 할 일이야. 난 밤을 비추고, 넌 낮을 지키면 되는 게야."

위수한이 탁자에 박았던 술잔을 들어올렸다. 그리고 남장후를 향해 내밀었다.

"선배. 후회하실 거요."

남장후는 빙긋 웃었다.

"후회는 하지 않아. 다만……."

"다만 뭡니까?"

남장후는 고개를 저었다. 그리고 단숨에 술잔을 비워 버린 후 일어섰다.

"남은 술은 네가 마셔라. 그럼 먼저 가마."

위수한은 가만히 문을 열고 사라지는 남장후의 등을 바라만 보았다.

그가 사라지고 나서야 위수한은 술병을 들어올렸다.

창밖을 바라본다.

아직 아침이 오기는 먼 것 같았다.

"밤이 너무 길구나."

그렇게 속삭인 위수한은 술병의 주둥이를 자신의 입에 쑤셔 넣었다.

†

형하의 대로는 아직 불빛이 돌아오지 않았다.

아마도 내일이 되어서야 떠났던 사람들이 조심스레 고개를 들이밀고, 밤을 다시 밝게 밝힐 듯싶었다.

그렇기에 남장후는 언제나 발 디딜 틈 없이 붐비던 형하의 대로를 홀로 한적하게 걸을 수 있었다.

어둠이 짙고 구경꺼리가 없기에 남장후의 시야에는 처녀향의 구석에서 홀로 앉아 술을 마시고 있을 위수한의 얼굴만이 떠올랐다.

"후회할 거라고?"

그럴 리가.

"오히려 이렇게 즐겁기만 하거늘."

남장후는 고개를 돌려, 자신이 나온 처녀향이 위치한 방향을 바라보았다.

그리고 기감을 높여 인근 십여 리 안에 아무도 없다는 걸 확인하고, 또 확인했다.

그제야 안심이 된다는 듯 지금껏 단 한 번도 하지 못한 말을, 마음에 담아 두기만 했을 뿐 결코 꺼낼 수가 없었던 말을, 아니 꺼내서는 안 되었던 말을 속삭여 본다.

"잘 했다, 제자야."

그리고 누가 들을까 무섭다는 듯 입을 굳게 다물고 부드럽게 풀렸던 눈매를 바로 고쳤다.

그리고 밤하늘을 바라보며 속삭였다.

"밤이 너무 짧구나."

콰아아아앙!

굉음과 함께 사라진 그는 밤하늘의 별이 되었고, 이내 사라져 버렸다.

멀리 동쪽 하늘이 쪽빛으로 바뀌어 간다.

이제 곧 해가 뜨려는 모양이었다.

第百四章.

드디어 내 차례인가?

天魔再生

第百四章.

드디어 내 차례인가?

세상에서 가장 부유한 사람이 누구냐고 열 명에게 물으면, 그 중 아홉, 아니, 열 모두가 이리 대꾸할 것이다.

금적산.

그렇다.

금적산은 세상에서 모르는 사람이 없는 전설적인 거부이다.

돈으로 나라를 산다면, 이 나라를, 아니 이 대륙을 살 수 있다는 부자이다.

하지만 그런 부자가 정말 있을까?

있을 리가 없다.

금적산은 그저 가상의 존재일 뿐이다.

123

만약 그런 사람이 있다면, 그가 혹시 나라면 얼마나 좋을까, 라는 들뜬 농담이나 꿈이 이루어낸 전설에 불과하다.

하지만 오년 전, 그 전설의 인물 금적산이 현실에 모습을 드러냈다.

그는 떠도는 풍문처럼 무지막지한 금력으로 닥치는 건 모조리 사들였고, 고작 오년 만에 상계를 독차지해 버렸다.

그랬었다.

단 며칠 전까지도 그랬다.

"헉, 헉, 헉, 헉."

그는 세상에서 가장 부유한 사람이었다.

"헉, 헉, 헉."

돈으로 살 수 있다면 무엇이라도 살 수 있었다.

그리고 돈으로 살 수 없는 건 거의 없었다.

그러니 그는 늘 행복했어야 했다.

화려한 지위와 삶을 즐겼어야 했다.

하지만 그는 그러지 못했다.

가졌기에 누리기보다, 더 가지기 위해 안간힘을 썼다.

돈으로 살 수 없는 몇 가지 것들을 얻기 위해…….

창고에 가득한 재화보다, 지금 누리는 금력과 지위보다

가질 수 없고 살 수갸 없는 그 몇 가지가 더욱 밝고 화려하다고 여겨졌기 때문이었다.

그래서 가지고 싶었다.

가지려 했다.

가질 수 있었다.

'왜 그랬을까?'

이제와 후회가 된다.

만족했으면 좋았을 것을…….

돈으로 살 수가 없는 것도 있다고 인정하면 그만이었을 것을…….

그때는 왜 몰랐을까?

왜 다 가질 수 있다고 여겼을까?

"헉, 헉, 헉, 헉, 헉, 헉."

한때 세상에서 가장 돈이 많은 사람이라고 여겨지던 황번동, 바로 두 명의 금적산 중 한 명이 어둠을 가르며 달리고 있었다.

수중에 엽전 한 푼 없는 맨몸으로…….

그의 뒤편 삼십 여장 쯤 거리를 둔 어둠 속, 두 명의 사내가 땅 속에서 솟구치듯 나타난다.

백궁마자들, 대장과 총대였다.

그들은 황번동이 점이 되어버릴 때까지 가만히 바라보고만 있었다.

그러다 더는 지켜볼 수 없겠는지 총대가 입을 열었다.

"대장. 이제 정리 할까요?"

대장이 살짝 고개를 저었다.

"아니. 아직."

"왜요? 재미도 없지 않습니까?"

"사람 죽이는 건 재밌느냐?"

"그런 건 아니지만, 쟬 지켜보는 것보다야 낫지 않겠습니까?"

"아직. 조금만 더 기다려 보아라, 조금만."

총대가 불만어린 얼굴로 말했다.

"하지만 대장! 저 등선만 넘어가면 진무하가의 영역이란 말입니다!"

"나도 안다."

대장은 눈을 얇게 좁히며 싸늘한 미소를 그렸다.

"하지만 저 녀석은 모르겠지."

"뭘 몰라요! 저 녀석이 이리로 달려온 건 분명 진무하가와 뭔가 밀약이……."

대장이 차가운 목소리로 그의 말을 끊어버렸다.

"저 녀석은 몰라."

그러며 살짝 몸을 떤다.

"네가 모르듯이 말이다."

총대가 물었다.

"제가 뭘 모릅니까?"

대장이 슬며시 눈동자만을 돌려 총대의 얼굴을 바라보았다.

그러며 총대의 얼굴을 찬찬히 살핀다.

"정말 모르겠느냐? 조금도 기억이 나질 않아?"

"뭘 말입니까?"

"청지가 어떤 녀석들이었는지를?"

총대가 눈을 껌뻑였다.

청지(靑池).

과거 수라천마 장후가 운영했던 다섯 개의 세력, 오대마천 중 하나.

아는 사람만 안다.

청지의 정체가 바로 진무하가였다는 것을.

대장은 청지의 정체가 바로 진무하가임을 아는 몇 안 되는 사람 중 하나였다.

그리고 진무하가가 청지라는 가면을 쓰고 수라천마 장후의 명에 따라 집마맹과 전쟁을 벌였던 시절, 오대마천 중 흑총의 일원으로 함께 싸우기도 했었다.

그리고 총대 역시 흑총의 일원이었다.

다만 다르다면 대장은 흑총의 마자들이 익혔던 마공의 속박에서 완전히 벗어나 과거를 모두 기억할 수 있었고, 반면 총대는 당시 마자로써의 자격요건에도 충족되지 않

천마재생

은 반편이었기에 세월이 지난 지금도 아직 과거를 모두 기억하지 못하고 있었다.

하지만 감정만은 남는다.

머리에 기억이 남아있지 않더라도 몸이 기억한다.

총대의 얼굴이 핏기가 사라져 갔다. 그리고 몸이 부들부들 떨렸다.

"청지……. 모르지만, 모르겠는데……, 좀 무섭습니다."

대장이 그럴 줄 알았다는 듯 쓴웃음을 지었다.

총대는 남장후에게 농담 몇 마디를 스스럼없이 던질 수 있을 정도로 담대한 편이다.

그런 총대가 무섭다고 하며 몸을 떤다.

누가 보았다면 이상하다 하겠지만, 대장만은 이해했다.

그는 감정이 아닌 기억까지 모조리 남아있었으니까.

대장이 말했다.

"청지라……. 이제 그들도 부활할 때가 되었지."

그러며 대장은 점처럼 보이는 황번동을 향해 시선을 돌렸다.

아니, 황번동이 아닌 그가 달려가는 방향 저편에 시선을 두었다.

그곳에 막 무언가가 모습을 드러내고 있다는 듯이…….

진무하가는 두 말할 나위 없이 백도제일의 가문이다.

아니, 천하제일의 가문이고 해도 부족함이 없다.

하지만 열흘 이상 붉은 꽃은 없다고 하던가?

최근 진무하가가 과거와 같지 않다는 이야기가 이곳저곳에서 흘러나오는 편이었다.

제협회주인 협왕 위수한의 권위와 영향력은 여전히 건재하고, 오년 전 협륜문의 문주로 강호무림이라는 무대에 화려하게 다시 등장한 권황 철리패의 위명이 천하를 뒤흔들고 있었다.

반면 진무하가는 조용했다.

마치 요란한 세상사는 남의 일이라는 듯, 산속 깊은 곳에 있어 찾는 이가 드문 절간처럼 한적하고 고요하기만 할 뿐이었다.

커다란 배는 갑자기 가라앉지 않는다.

밑에서부터 천천히 아주 느리게 수면 아래로 내려간다.

그렇기에 배가 가라앉고 있다는 사실을 타고 있는 사람은 모를 수도 있다.

선원들만을 제외하고는…….

"살아야지."

그가 할 말이 아니었다.

'죽인다.' 혹은 '부쉈다.' 때로는 '궤멸시켰다.' 라는 말
이 어울렸다.

그가 진무하가 서열 칠 위이며, 외무(外務)를 총괄하는
진무각주(振武閣主)인 하연철이기에 그랬다.

또한 그는 현 진무하가 내에서 세 손가락 안에 드는 고
수이기에 그랬다.

하지만 하연철은 자신이 실언을 한 것이 아님을 확인시
켜 주겠다는 듯 주변을 둘러보며 강조하듯 말했다.

"안 그런가? 살아야지 않겠는가?"

그의 주변, 십여 명의 사내들이 이열로 앉아 있었다.

그들의 표정은 침울하기만 했다.

그들은 현 진무하가의 삼대파벌 중 하나인 검호당(劍豪
黨)의 주축인사들이었다.

검호당은 하연철의 무명인 철장검호(鐵腸劍豪)에서 뒤
에 두 글자만 따와서 부르는 명칭으로, 하연철을 중심으로
뭉친 일파였다.

그들은 진무하가의 가솔이기 이전에 하연철의 충복이었
다.

하연철을 향한 그들의 충성심은 확고했다.

하연철은 충성에 대한 보상이 확실한 사람이기에 그랬
다.

대가를 약속하지는 않는다.

보여줄 뿐이다.

그는 충성을 맹세한 이들은 어떻게든 잘 살도록 만들었다.

높은 지위에 오르도록 밀어 올렸고, 경쟁자를 은밀히 제거해 주었으며, 부족함이 없는 돈을 제공해 주었다.

더불어 배신자에게 대한 응징도 확실했다.

배신을 꿈꾸는 순간, 그들은 나락으로 떨어졌다.

하연철이 그들에게 주었던 돈은 바로 빠져 나갔고, 지위와 권력은 없어졌으며, 그때를 기다렸다는 듯이 경쟁자들이 나타나 등을 찔러왔다.

그렇기에 하연철의 수하들은 맹목적으로 그를 따랐다.

마치 그를 신상처럼 우러렀고, 그의 말을 교리라는 듯이 복종했다.

때문에 진무하가 내에서는 하연철의 일파를 검호당이 아니라 검호마교(劍豪魔敎)라고 불러야 한다고 투덜거릴 정도였다.

그들 간의 관계가 그러하니 하연철은 설명하는 법이 없었다.

설득하지도 않았다.

그저 명령만을 내렸다.

그리고 수하들은 그저 따랐다.

하지만 오늘만은 달랐다.

하연철은 명령하지 않았다. 대신 간절한 표정으로 설득하고 있었다. 설명하고 있었다.

그리고 수하들 역시 듣고만 있었다.

그럴 수밖에 없었다.

무겁고 불편한 침묵이 흐른다.

침묵은 쉽게 깨어지지 않을 듯했다.

그랬기에 하연철은 슬며시 한 사내에게 시선을 고정했다.

자신의 직속수하이자, 이인자라고 할 수 있는 하운결이라는 사내였다.

하운결은 알았다는 듯이 눈을 빛내고, 입을 열었다.

"그러니까 진무하가를 벗어나, 우리 검호당 만의 문파를 개파하시겠다는 겁니까?"

기다렸다는 듯 하연철은 힘차게 고개를 저었다.

"아니요. 아니외다! 우리가 왜 진무하가를 벗어나오? 우리가 왜 따로 개파를 한단 말이오? 이보시게들, 모르겠소?"

하연철이 거칠게 자신의 가슴을 두들겼다.

"우리가 바로 진무하가요! 우리야 말로 진무하가란 말이외다!"

하연철이 벌떡 일어섰다. 그리고 창문을 가리켰다.

"밖을 보시오? 세상이 어떻게 돌아가고 있는지 보란 말이외다! 안 보이시오? 그럼 내가 말해주리다! 수라천마, 그의 세상이오! 그가 세상을 지배하고 있소! 내 말이 안 들리시오? 귀까지 막히셨소? 저만 보이고 들리나 보이다! 제 귀에 들리는 말로는 오륜마교가 그의 수족이 되었다고 하더이다! 제협회가 그의 왼팔이 되었다 하더이다! 협륜문이 그의 오른팔이라고 하더이다! 그리고 우리 진무하가가, 바로 우리 진무하가……!"

하연철은 차마 말을 맺지 못하겠다는 듯 입을 다물고 붉게 물든 얼굴을 수하들을 향해 들이밀었다.

낮게 목소리를 깔아 말한다.

"정말 내게만 보이오? 정말 내게만 들리는 거요?"

수하들은 대꾸치 못하고 고개만 푹 숙였다.

하연철이 말했다.

"그런 것 같지는 않구려. 보이고 들리면 일어나야 하지 않소? 검을 뽑아들어야 하지 않겠소? 우리는 진무하가이지 않습니까!"

수하들이 이를 악 물었다.

하연철은 수하들의 반응을 살펴본 후, 본론을 꺼내야 할 때가 되었음을 느끼며 말했다.

"천외비문과 손을 잡기로 했소."

수하들의 눈이 커졌다.

"천외비문?"

"천외비문과 말입니까?"

하연철이 설명하듯 말했다.

"천년의 협문, 천외비문이 백년 만에 모습을 드러냈소. 그들이 협조를 구해왔소. 수라천마 장후를 칠 터이니 도와 달라고 말이오. 태상가주님이 아닌, 바로 내게 말이오. 그게 무슨 의미인줄 아시겠소?"

수하들이 침을 꿀꺽 삼켰다.

하연철이 수하들을 둘러보며 말했다.

"이제 우리가 바로 진무하가라는 거요. 내 말이 무슨 의미인 줄 아시겠지요?"

수하들은 무겁게 고개를 끄덕였다.

그러자 하연철 역시 무겁게 고개를 끄덕였다.

"좋소. 그러면 다 알아들으신 걸로 알겠소. 그러면 이제 명령을 내리오. 가서 준비들 하시오. 우선 우리가 진정한 진무하가가 되어야지 않겠소? 주변을 정리하고 내가 명령을 내릴 때를 기다리시오."

역모!

피로써 진무하가의 실권을 쥐겠다는 뜻이다.

수하들 중 하나가 조심스레 말했다.

"하지만 저희들만으로는……."

하연철이 칼날처럼 냉정한 말투로 그의 말을 잘라냈다.

"천외비문이 우선 돕기로 하였소. 그들의 도움이라면

충분하오. 나를 믿으시오."

수하들이 침을 꿀꺽 삼켰다.

무겁게 가라앉은 분위기를 좀 희석코자 함인지, 하연철이 갑자기 빙긋 웃었다.

"허면 이러지 말고 우리 모두 함께 태상가주를 찾아뵙고, 우리의 숭고한 의지를 받아 달라고 간청을 해볼까요?"

그러자 이인자인 하운결이 말을 받아쳤다.

"그러지요. 허나 분명 이리 말씀하시겠지요. '숙고할 터이니 가서 기다리고 있어라.' 라고요. 하하하하하핫."

모두가 쓴웃음을 지었다.

숙고할 터이니 가서 기다리고 있어라.

언젠가부터 태상가주인 검성 하지후의 입버릇이었다.

기다리고 있어봤자, 하지후의 응답이 들려오는 경우는 없었다.

그저 숙고만 할 뿐이었다.

검성 하지후.

살아있는 정파무림의 신화!

하지만 지금은 물러날 때를 알지 못하고 계속 버티고만 있는 퇴물일 뿐이었다.

수하들 중 누군가가 속삭였다.

"태상가주께서도 쉬실 때가 되셨지요."

모두가 서로의 눈치를 살피다가 천천히 고개를 끄덕였
다.

역모.

그것이 바로 역모의 시작을 알리는 종소리였다.

†

"검호당이 모였습니다."

"본 가에 스며든 천외비문의 비문전인들이 움직이기 시
작합니다."

"백궁마자들에게 쫓기던 황번동이 본가의 영역으로 들
어왔습니다. 비문전인과 접선하려는 모양입니다."

사방에서 튀어나오는 목소리의 중심.

한 노인이 앉아있다.

새하얀 머리와 새하얀 수염.

얼굴색까지 새하얗다.

노인은 말이 없다.

숨소리조차 느껴지지 않는다.

혹시 절명한 것일까?

아니면, 목공의 대가가 깎아 만든 목각인형은 아닐까?

어느 순간 노인의 입이 벌어졌다.

"숙고할 터이니 가서 기다리고 있어라."

느리고 힘없는 목소리.

하지만 그 안에는 거역할 수 없는 위엄이 서려 있음에 보고를 하던 이들은 빠르게 물러났다.

인기척이 사라지자 노인의 두 눈이 번쩍 뜨인다.

"드디어 내 차례인가?"

노인의 입매가 비틀렸다.

그건 당장 먹잇감을 뜯어먹으려는 굶주린 짐승 같은 미소였다.

†

호랑이는 존재하는 모든 짐승의 포식자이다.

무적이며 무쌍이다.

천적조차 없다.

굳이 따지면 호랑이라는 짐승에게 적이란 같은 호랑이라고 해야겠지.

그렇기 때문인지, 무리지어 살지도 않는다.

홀로 머물고, 홀로 다닌다.

고고하며, 완전하다.

호랑이는 존재하는 모든 생명의 공포이며, 포식자이다.

그렇기에 이 땅의 주인을 자부하는 사람이라고 하여도 이 호랑이라는 짐승에게는 연약한 먹잇감에 불과했다.

오히려 그 어떤 짐승보다 쉽고 간편하게 주린 배를 채울 수 있는 먹이인지도 모른다.

생각해보라.

호랑이의 눈에 비친 사람이 모여 사는 마을이라는 곳은 먹음직스러운 음식이 가득 쌓인 식탁과 같지 않을까?

그래서인지 호랑이는 이따금 산에서 내려와 인근 마을을 쑥대밭으로 만들고 돌아간다.

하기에 호환(虎患), 즉 호랑이에게 당하는 화는 재난이라고까지 여겨진다.

실제로 동쪽에 호랑이가 유독 많은 나라에서는 호환으로 인한 피해가 너무도 심하여 수도를 이전하겠다는 계획까지 검토했을 정도였다. 더불어 착호군(捉虎軍)이라는, 이름 그대로 호랑이를 잡는 군대까지 운용하고 있단다.

착호군이 그 나라의 군인 중에서도 최강의 정예로 이루어졌다고 하니, 더 말해 무엇 할까?

그런데 난데없이 호랑이 얘기 따위를 왜 하느냐고?

"그 분이 그러시더군요. 검성 하지후는 엽사(獵師:사냥꾼)라고요."

하소인이 하는 말에 그녀의 앞, 탁자에 놓인 서책에 시선을 두고 있던 중년인이 고개를 들어올렸다.

"엽사?"

"네. 엽사요. 호랑이를 잡는 엽사라더군요."

중년인은 턱수염을 매만지며, 부드럽게 웃었다.

"그래? 아버님께서 엽사이시다? 재미난 평이로구나. 그 분께서는 어찌 그리 평하셨을까?"

하소인이 어깨를 으쓱했다.

"모르죠. 그 분의 속을 누가 알 수 있겠어요."

중년인이 장난스럽게 눈을 좁혔다.

"너는 좀 알지도 모르겠다는 생각이 드는 건 왜 일까?"

하소인이 순진하게 눈을 깜빡이며 고개를 갸웃거렸다.

"글쎄요. 저는 모르겠네요. 대체 왜일까요?"

중년인이 갑자기 놀랍다는 듯 눈을 크게 떴다.

"이런! 그렇군! 이럴 수가 있나!"

중년인은 놀라는 적이 드물다.

그의 성향이 본래 그렇기도 하지만, 그의 위치로 인해 더욱 그렇게 되었다.

그 어떤 일이 벌어진다고 해도 차분하고 착실히 대처한다.

때문에 중년인은 강호무림에서 탕평검군(蕩平劍君)이라고 불리고 있었다.

'탕평(蕩平)'은 '탕탕평평(蕩蕩平平)'의 준말로, 싸움과 시비, 논쟁에 치우침이 없다는 뜻이니, 그가 살아온 나날 동안 세상에 어떻게 비추어 졌는지를 바로 알 수 있는 부분이었다.

천마재생

그런 그가 놀라고 있다.

하소인은 표정을 굳히고 물었다.

"대체 무슨 일입니까?"

중년인이 눈동자를 위에서 아래로 움직여 하소인의 전신을 쓸어보았다.

"이제 보니 넌 네 어미와 똑같구나!"

"네?"

"그랬어. 이럴 수가 있나. 어떻게 이런 일이 벌어질 수 있지?"

하소인이 심각한 고민에 빠진 것처럼 눈동자를 어수선하게 굴리더니, 갑자기 뭔가 떠올랐다는 듯이 눈을 크게 뜨며 말했다.

"혹시, 이건 그저 짐작이 뿐인데, 제가 제 어머니의 딸이라고 그런 건 아닐까요?"

탕평검군이 크게 고개를 저었다.

"그럴 리가! 그렇다면 네가 내 아내의 딸이란 말이냐?"

"네. 혹시 이건, 그럴 리 없겠지만, 당신께서 바로 제 아버지?"

탕평검군이 벌떡 일어났다.

"그렇구나! 이건 기적이야!"

하소인이 눈에 힘을 풀고, 피식 웃었다.

"그만하죠. 재미없어요."

탕평검군이 머리를 긁적였다.

"그럴까?"

하소인이 빙긋 웃었다.

"아버지. 요즘 일이 재미없으신가 봐요?"

탕평검군이 짙은 한숨을 내쉬었다.

"하아아아. 재미없지. 재미없어. 뭐가 재밌겠느냐? 가문 내의 분위기는 뒤숭숭하고, 과년한 딸자식은 마왕에게 빠져있고."

"못 보셨죠? 얼마나 잘 생겼는데요."

"남자는 용모가 중요한 게 아니야. 네 어미를 보아라. 네 어미가 나와 혼인한 이유가 뭔지 아느냐?"

"잘 생겨서요."

탕평검군은 크게 고개를 끄덕였다.

"맞아! 그러니 용모가 다가 아닌 게야. 내가 조금만 덜 생겼다면 네 어미와 혼인을 하지 않았을 터인데……."

그러며 폐부 안에 담긴 공기를 모두 빼내겠다며 길고 길게 한숨을 내쉰다.

하소인의 눈매가 세모꼴로 바뀌었다.

"어머니께 이를 겁니다."

탕평검군이 눈을 부라렸다.

"지금 밀고를 하겠다는 거냐? 난 내 딸을 그리 키운 적이 없다!"

"네, 네. 그러시겠지요. 그런데 들어오는 길에 잠깐 둘러보니 정말 분위기가 좀 이상하더라고요."

탕평검군이 쓴웃음을 지었다.

"네 눈에도 보이느냐?"

하소인이 빙긋 웃었다.

"그 정도 눈은 있습니다."

"난 네가 그런 눈이 없었으면 했다."

"오륜마교에 시집보낼 생각이셨으면서요?"

"그거야 네가 간 길이거늘, 날 원망하느냐? 네가 내 말을 듣고 집안에서 꽃꽂이나 자수나 하고 살았다면야 그랬겠느냐? 검을 들어서 그런 것을. 쯧쯔쯔."

"제가 어머니 딸이지 않습니까."

"그렇지. 네 어미는 검을 들진 않았지만, 손톱을 칼날처럼 세웠지. 쯧쯔쯔. 내가 조금만 더 못생겼어야 했어."

하소인은 고개를 살짝 치켜세우고 팔짱을 끼며 거만한 표정과 말투로 말했다.

"그랬다면 저처럼 예쁜 딸을 못 얻었겠지요."

"그만하자. 재미없네."

하소인이 투덜거렸다.

"제가 먼저 그만하겠잖아요."

"가자. 태상가주님께서 기다리신다."

그러며 탕평검군은 등을 돌렸다. 그리고 문이 아닌, 벽

면으로 다가가 이곳저곳을 매만졌다.

　스르르르르릉.

　기괴한 소음과 함께 벽면이 갈라지며 계단이 모습을 드
러냈다.

　탕평검군이 고개만 돌려 하소인을 바라보며 씩 웃었다.

　"신기하지 않느냐?"

　하소인이 투덜거리듯 말했다.

　"그런 거 지겹게 많이 봤거든요."

　"에이, 재미없어. 하여간 딸내미는 키워봤자 소용이 없
다니까."

　하소인이 피식 웃은 후 말했다.

　"전 아버지께서 참 재미없게 사시는 분인 줄 알았어
요."

　정말 그랬다.

　탕평검군의 직위는 청평전(淸平殿)의 전주로, 가문의 역
사를 기록하고, 연구하며, 선조의 제당을 관리하는 일을
맡고 있었다.

　진무하가의 직계혈손 중에서 가장 한직이라 할 수 있는
자리였다.

　공식서열로 따지면 가문 내에서 십위인 자리이지만, 실
제적인 권한이나 영향력은 전혀 없었다.

　그랬기에 하소인은 어려서부터 아버지가 싫었다.

무려 검성 하지후의 자식으로 태어났음에도, 그저 글줄이나 읽으며 지나간 세월만 기록하거나 노래하는 당신을 이해할 수가 없었다.

하지만 이제 알겠다.

아버지는 지나간 세월이 아닌 다가올 참담한 미래를 준비하는 사람이었음을.

그 미래를 없애기 위해 자신에게 쏟아지는 온갖 모욕을 감수하면서 조용히 칼을 갈고 있는 진짜배기였음을.

하소인은 탕평검군의 뒤를 따라 계단을 내려가며 말했다.

"아버지, 제가 사랑한다고 한 적 있나요?"

"있었지. 네 살 때까지는."

하소인이 탕평검군의 등을 향해 속삭이듯 말했다.

"사랑합니다."

"알아, 이 녀석아."

그러며 부끄럽다는 듯 탕평검군은 먼저 계단 아래로 내려갔다.

†

탕평검군을 따라 거미줄처럼 어지럽게 뻗어있는 가문의 비밀통로를 지나쳐 도착한 곳은 감옥이었다.

아니, 감옥과 같은 형태를 한 검성 하지후 만의 연무장이었다.

왜 일까?

하소인이 이곳에 온 적은 지금까지 단 세 번 밖에 되지 않았다.

그때마다 매번 궁금했다.

태상가주께서는 사방 일장 정도 밖에 되지 않은 이 더럽고 불편한 곳을 왜 연무장으로 사용하는 걸까?

왜 스스로 저 쇠창살 안에 스스로를 가둔 채, 볼품없는 칼 하나를 이리저리 그어대고 있는 걸까?

궁금했지만 물을 수는 없었다.

감히 검성 하지후에게 그런 질문을 할 수 있을 정도로 용감할 수가 없었기 때문이었다.

검성 하지후 앞에서 그녀가 할 수 있는 말은 정해져 있었다.

예, 알겠사옵니다.

혹은 그러하겠습니다.

또는 감사합니다.

그 정도가 전부였다.

하소인만 그런 건 아니었다.

진무하가의 식솔이라면 누구라도 그랬다.

아니, 강호무림에서 살아가는 이들이라면 모두가 그럴 것이다.

천마재생

검성 하지후의 앞에서 누가 고개를 들 수 있을까?

살아있는 신화.

정파무림의 큰 어른.

은막의 뒤에 숨어서 정파무림을 주무르는, 보이지 않는 손.

바로 그런 검성 하지후 앞에서 어찌 그런 망발 따위를 함부로 할 수 있을까?

하지만 지금은 달랐다.

하소인은 고개를 숙이지 않았다. 오히려 뻣뻣하게 펴고, 철창 저편에서 목검을 가볍게 휘두르고 있는 하지후의 모습을 찬찬히 살필 수가 있었다.

땀을 흘리고 있다.

수련을 시작한지가 꽤나 오래 되었는지, 머리카락은 축 늘어져 있고, 옷은 흠뻑 젖어 있었다.

그가 지금 목검을 휘두르는 모습이 그저 시늉이 아님을 알려주는 듯했다.

하지만 그렇다고 여기기에는 너무나 조잡했다.

이제 막 검을 쥔 소년도 저러지는 않을 것이다.

'나이가 드신 건가?'

하지후의 나이는 아흔이 넘은지 오래였다.

아무리 하지후가 천하제일이라 불릴만한 고수였다고 하더라도, 그 나이라면 근육은 풀어지고 머리는 굳으며 내공은 흩어진다.

수명이 다함이다.

그래, 그래서인지도 모르겠다.

하지후라는 거인은 이제 얼마 남지 않은 것이다.

안간힘을 쓰며 버티고 있지만, 하늘은 이제 때가 되었다며 그에게 손짓을 하고 있는 거다.

어쩌면 이 연무장을 감옥과 같은 형태로 만든 것도 그 때문이 아닐까?

이 지하 깊숙한 곳, 감옥 안에 갇혀 있다면, 하늘의 부름이 들리지 않을 거라고…….

"왔느냐?"

하지후의 말에 하소인은 상념에서 깨어나 고개를 숙였다.

"태상가주님을 뵙습니다. 임무는…….″

"이미 들었다. 차였다며?"

하소인은 발끈했는지 고개를 휙 들어올렸다.

"아니요! 차이지 않았습니다!"

"네가 아니라, 그가. 이복순이라는 아이에게 차였다던데?"

"네? 아, 네. 그랬습니……, 큭."

하지후가 동작을 멈추더니, 하소인 쪽으로 천천히 고개를 돌렸다.

하소인은 실태를 깨닫고, 억지로 정색하며 고개를 푹 숙였다.

"죄송합니다."

"아니다. 넌, 좀 달라졌구나?"

"네?"

하소인은 눈을 껌뻑였다. 그리고 하지후의 얼굴과 마주 대했다.

그러다 하소인은 이렇게 하지후의 얼굴을 마주 본 것이 처음이라는 사실을 깨달았다.

검성 하지후를 대할 때면 그의 목젖이나, 어깨, 혹은 턱에 시선을 두었을 뿐 감히 얼굴을 바라볼 수가 없었다.

그건 하소인이 아니라 그 누구라고 해도 마찬가지였다.

'눈이 참 맑으시구나.'

마치 별처럼 초롱초롱하다.

갓 태어난 아이처럼 맑고 깨끗했다.

'응?'

하소인은 뭔가 이상하다는 생각이 들었다.

하지후의 눈가에 주름이 하나도 보이지 않았다.

피부는 그저 뽀얗고, 콧날은 날카로웠다.

하얀 머리카락과 눈썹, 수염만 아니라면 그녀 또래의 청년이라고 보일 정도였다.

'대체 이게 어떻게 된 일이지?'

설마, 눈앞의 사내는 하지후를 가장한 대역인 걸까?

그럴 리가 없었다.

굳이 대역을 세운다면, 하지후 또래의 노인을 두거나 최소한 그리 보이도록 역용이라도 시켜두었을 것이니까.

하소인이 낮게 목소리를 깔아 물었다.

"누구지, 당신은?"

그러자 청년이 빙긋 웃었다.

"호오. 내가 보이느냐?"

"무슨 말이지? 태상가주께서는 어디에 계시는 거냐."

청년의 미소가 짙어졌다. 그러더니, 그녀에게서 시선을 떼고 주변을 휙 둘러보았다.

"내가 네 나이쯤 이 곳에 갇혀 있었지. 그때 내가 할 수 있는 건 나를 이곳에 가둔 집마맹과 세상에 대한 원망과 저주뿐이었다."

하소인은 비익연검을 뽑아들었다.

"당신 누구냐니까!"

청년은 감회에 젖은 얼굴로 말을 이어갔다.

"난 그러다 죽을 줄 알았지. 아니, 죽으려 했다. 아무것도 할 수가 없었으니까. 진무하가는 사라졌고, 정파무림은 모래알갱이처럼 흩어져 버렸지. 그리고 난 이 감옥 안에 갇혀 있었고. 내가 가질 수 있는 건 죽음뿐이었다. 죽음을 결심했던 그 날, 호랑이가 찾아왔다."

청년이 고개를 다시 하소인에게로 돌렸다.

"그 호랑이는 네가 지금 서 있는 곳에 있었다. 우습지 않
느냐? 사람인 나는 갇혀 있고, 그 호랑이는 우리 너머에서
나를 구경하고 있었다. 그건 정말 이상한 일이었어."

하소인이 믿을 수 없다는 듯 고개를 저었다.

"그럴 리가 없어. 다, 당신 설마 진짜 태상가주이신 거
야……요?"

"그 호랑이가 말했지. 풀어줄 터이니, 나와 손을 잡지
않겠느냐? 그렇게 난 그 호랑이의 아가리에 내 머리를 집
어넣었다. 그리고 지금의 내가 될 수 있었지."

하소인은 침을 꿀꺽 삼켰다. 지금 눈앞의 청년이 검성
하지후가 맞다면, 믿을 수 없지만 정말 그러하다면, 그 호
랑이가 누군지 알 수 있을 것 같았다.

청년이 고개를 숙였다.

"난 그 후로 항상 고민했다. 그 날의 선택이 옳았을까?
아니, 난 선택지가 있기나 했던 걸까? 많은 고민 끝에 얻은
결론은 하나였다."

청년이 목검을 쥔 손을 들어올린다.

"그 날 내가 이렇게 검을 쥐고 있었다면, 조금 상황이 달
랐을지도 모른다는 거지."

하소인이 침을 꿀꺽 삼켰다.

"어, 어떻게? 용모가?"

청년, 하지후가 씩 웃었다.

"나도 모른다. 십수 년 전부터 젊어지기 시작하더니, 이렇게 되었더구나. 아마 반노환동이라는 것이겠지."

"십수 년 전이요? 그런데 대체 왜 아무도 모르는 거죠?"

"그 동안 누구도 내 얼굴을 마주 본 적이 없으니까."

그러며 하지후는 씩 웃었다.

"하지만 그 호랑이만은 알고 있겠지. 전언이 있었겠지?"

하소인이 침을 꿀꺽 삼키며 고개를 끄덕였다.

"그 분께서 전하라 하셨습니다. '청지를 부활시켜라.'라고요."

하지후가 목검을 가볍게 휘둘렀다.

"이번엔 호랑이 아가리에 목을 집어넣지 않아. 최소한 등에는 올라타야겠구나."

두두두둑.

하소인의 앞 철장이 십여 조각이 되어 내려앉았다.

하소인은 속삭였다.

"엽사⋯⋯."

호랑이를 잡는 사냥꾼.

검성 하지후에 대한 남장후의 평이 무슨 의미인지를 비로소 조금이나마 깨달을 수 있었다.

第百五章.

저를 기억 하십니까?

第百五章.

저를 기억하십니까?

청지를 부활시켜라.

그 명령의 속내는 대체 무엇일까?

오 년 전, 하소인은 남장후의 명령으로 이와 흡사한 전언을 전달한 경험이 있었다.

홍갱을 부활시켜라!

그 명령을 전하기 위해 그녀는 황도로 향했었다.

그곳에서 대장군부를 찾아가 한 사람을 만났다.

그리고 그 후로 이틀 밤낮을 그 사람과 함께 했다.

'단 이틀뿐이었구나.'

수십 년 쯤은 함께 한 것 같았는데…….

아니, 수십 년 정도는 함께 하고 싶었는데…….

그랬다.

고작 이틀이었다.

그럼에도 오 년을 살아오면, 이따금 그 이틀이라는 시간이 가끔 떠오른다.

그럴 때마다 하소인은 심장이 달리는 말처럼 날뛰는 것만 같았다. 그리고 한 편으로는 가슴이 먹먹하고, 눈물이 솟구쳐 올랐다.

지금은 볼 수 없는 한 사내의 등이 그려지기 때문이었다.

온몸을 피로 물들인 채, 하얀 송곳니를 드러내며 눈앞에 깔린 수많은 적을 향해 우렁찬 기합을 질러대며 달려가던 사내.

이따금 그가 하던 말을 속삭여 본다.

'나는 언제나 옳다.'

하소인은 그리고 이어서 이렇게 말하곤 했다.

'그래요. 당신은 언제나 옳았지요. 하지만 꼭 그렇게 옳게 살 필요는 없었어요.'

대장군 권무영.

단 한 번뿐이라지만, 수라천마 장후를 이긴 유일한 인물.

그는 영웅이었다.

육신만이 아니라 혼백조차 사라져 버렸지만, 하소인과 그를 따랐던 이들, 그리고 그를 아는 사람들의 머리와 가슴에는 아직도 남아있다. 아니 화인처럼 뚜렷하게 새겨져 있다.

권무영이 살아간 방식은, 그리고 죽어간 방식은 그를 기억하는 모든 사람들이 살아가는 동안 내내 떠올릴 것이다.

그리고 이야기할 것이다.

전할 것이다.

권무영을 알지 못하는 이들조차도 그를 눈앞에서 보았던 것처럼 생생하게.

'그렇게 그 분은 불멸(不滅)이 되겠지.'

그런 생각을 하다 보니 언제나처럼 하소인의 눈매가 붉어졌다.

하소인은 길게 숨을 들이쉬고 내쉬어 심정을 추스르며, 가지로 뻗어나갔던 생각의 줄기를 다시 몸통으로 돌렸다.

남장후는 검성 하지후에게 청지의 부활을 명령했다.

오 년 전 홍갱의 부활을 명했던 때와 유사한 상황이다.

하지만 속을 파헤치면 전혀 달랐다.

검성 하지후가 남장후와 손을 잡고, 청지의 지주가 되었던 이유는 집마맹에 의해 무너진 진무하가를 다시 일으키기 위해서였다.

더 나아가 산산이 흩어져 버린 정파무림을 진무하가의 영도 아래, 하나로 뭉치도록 하기 위해서였다.

그 거래의 결과는 양쪽 모두에게 성공적이었다.

남장후는 바라는 대로 하지후의 도움을 받아 집마맹을 궤멸시켰고, 하지후는 결국 진무하가를 다시 일으켜 과거 이상의 성세를 이룰 수 있었다.

그들의 거래는 그렇게 끝났다.

본래 그런 적이 없었다는 듯이 지워졌다.

그러니 남장후가 청지의 부활을 원한다면, 명령이 아닌 다시 거래를 제안하여야 한다.

정파무림의 구심점 노릇을 하고 있는 하지후로서는 진무하가에 다시 청지라는 복면을 씌울 이유가 전혀 없으니까.

얻는 것보다 잃는 것이 크다.

아니, 온전히 잃는 것뿐이다.

그러니 이 거래는 성사될 수가 없다.

그래야 했다.

하소인이 여기기에는 그랬다.

감옥의 형태를 한 연무장에서 나온 하지후를 따라간 곳은 반원형태의 공동이었다.

높이가 족히 이십여 장은 될 듯하고, 폭은 눈짐작으로 재어낼 수 없을 정도로 넓었다.

그 위로 수십여 개의 건물이 어지럽게 배치되어 있었다.

건물은 대부분이 사오층 정도인데 나무를 대충 엮어서 만들어 놓은 것뿐이라, 허름하고 조잡했다.

더구나 벽이 없어서, 안이 훤하게 드러나 보였다.

재화(災禍)가 지나쳐 모든 것이 잿더미가 된 곳에 이제 막

다시 시작하는 도시의 한 면을 잘라낸 것만 같다고 할까?

딱 그런 분위기였다.

그렇기 때문인지, 활기차다.

가진 모든 것을 빼앗겼다는 아픔보다는 다시 세워 올리겠다는 열기만이 느껴지는 곳이다.

"진무하가 내에 이런 곳이 있었다니."

놀랍기만 했다.

그 순간 바로 곁에 서 있는 하지후의 목소리가 그녀의 귀에 스며들었다.

"이곳이 바로 청지이다."

하지후의 말에 하소인은 침을 꿀꺽 삼켰다.

"청지."

청지는 사라진 게 아니었던 것이다.

이미 부활해 있었던 거다.

"언제부터……?"

하지후가 말했다.

"팔 년 전. 수라천마 장후가 다시 세상에 모습을 드러냈던 그때부터이지."

그러며 하지후는 멈췄던 걸음을 내딛었다.

하소인은 그림자처럼 그의 뒤를 따라붙었다.

청지라는 이 공동, 아니 이 거리 안에 머물러 있는 사람의 수는 상당했다.

천마재생

다들 분주히 이곳저곳을 오가고 있었고, 몇 명이 모여 있는 자리에는 의견의 충돌이 있는지 고성을 오가기 일쑤였다.

이 위 지상에 위치한 진무하가와는 너무도 다른 분위기였다.

진무하가는 절간처럼 고요했다.

한 마디를 하는 것도 조심해야 했고, 걸음을 옮기는 데에도 고양이처럼 조용해야 했다.

언성을 높인다?

꿈도 꿀 수 없다.

고귀하고 위대한 진무하가의 가솔은 그래서는 안 되었다.

그렇다면 대체 이 사람들은 누굴까?

하소인이 알아볼 수 있을만한 얼굴이 거의 없었다.

어쩌다 한 명이 눈에 들어왔다.

털보의 장한, 어깨가 유독 넓어 눈에 띄었다.

하소인은 깜짝 놀라 외치듯 말했다.

"어? 곽우 당주님?"

진무하가 외당의 당주 중 한 명으로, 한 때 속가제일의 무인이라고 불렸던 중진인사였다.

하지만 칠년 전, 오륜마교와의 분쟁 중에 죽었다고 들었는데……

누군가와 대화를 나누고 있던 곽우는 하소인의 시선을 느꼈는지, 갑자기 고개를 돌리더니 하소인을 향해 빙긋 웃었다.

"어? 이게 누구야? 소인 아가씨 아닙니까? 오랜 만입니다, 아가씨."

그리고 그제야 바로 곁에 서 있는 하지후를 발견하고는 얼굴을 딱딱하게 굳히며 절했다.

"지주님을 뵙습니다!"

그 순간 거리를 오가던 모든 이들이 입과 발을 멈추고 하지후 쪽으로 몸을 돌려 절했다.

"지주님을 뵙습니다!"

"지주님을 뵙습니다!"

야시장 같던 청지가 고요해졌다.

하지후는 가볍게 고갯짓만으로 답한 후 그들의 사이로 걸어 나갔다.

하소인은 여전히 그의 그림자라는 듯이 뒤따르며, 지나치는 사람의 면면을 살폈다.

간혹 안면이 익은 사람이 눈에 뜨였다.

그들에게는 두 가지 공통점이 있었다.

하나는 진무하가 내에서도 유독 튀는 실력자였다는 것.

그리고 두 번째는 곽우처럼 죽었다고 알려진 이들이라는 것이었다.

천마재생

죽은 이가 되살아날 리는 없으니, 이들은 죽음을 가장하고 청지의 일원으로 들어왔다는 것이다.

하지후의 목소리가 그녀의 어지러운 마음을 비집고 들어왔다.

"청지(靑池). 그 두 글자가 무슨 뜻인 줄 아느냐?"

청지, '파란 연못'이라는 뜻이다.

글을 읽고 쓸 줄 아는 사람이라면 모를 리가 없었다.

하지만 하지후의 질문은 그런 답을 원한 건 아닐 게 뻔했다.

하지후는 대답을 듣지 못할 것이라고 여겼는지, 바로 말을 이어갔다.

"연못이 맑을 수는 없다. 시내와 강과는 달리, 연못이란 고인 물이다. 흐르지 않고 변함이 없으니, 탁해지고 더러워질 뿐이지. 그렇지 않느냐?"

"그렇습니다."

"우리 진무하가가 그러하다. 아니, 정파무림 자체가 그래. 우리는 고인 물이야. 변하지 않고 변화의 의지가 없어. 대대로 이어온 가치를 계승하고 지키며 고수한다. 탁해질 수밖에 없고, 더러워질 수밖에 없지. 다만, 세월의 힘에 기대어 오물을 바닥 깊숙이 깔아버리기에 그나마 맑은 빛이라도 유지하지."

"그렇습니까?"

"그래. 딱 그래. 하지만 말이다. 이따금, 아주 이따금 이 우물이 비좁다는 가소로운 물고기 한 마리가 나타난단다. 놈은 이리저리 들쑤시고, 바닥을 뒤집고, 연못을 더럽고 혼탁하게 만들지. 그래봤자 이 우물 바깥으로 나갈 수 없고, 또 벗어난다고 해도 살 수 없다는 걸 모르고, 그저 저 혼자 잘났다고 헤치고 다니지."

하소인이 불쑥 속삭이듯 말했다.

"청지……."

"이제야 무슨 뜻인 줄 알겠느냐?"

"연못이 푸르려면 그런 물고기가 없어야겠군요. 아니면, 난동을 피우기 전에 찾아내 없애버리거나."

하지후가 고개를 내저었다.

"아니. 그 정도만으로는 부족하지. 오히려 그런 물고기를 풀어야해. 그래야 바닥에 깔린 것들이 뭔지, 그 중에 뭘 걸러내고 뭘 남겨야 할지 알지 않겠느냐?"

"함정을 파놓고, 낚이길 기다리신다는 말씀으로 들립니다."

"그렇게 말할 수도 있겠군. 협왕 위수한. 그는 분탕질을 칠 물고기를 미리 찾아내 조각내는 녀석이지. 그게 그 녀석이 이 정파무림이라는 우물을 지키는 방식이야. 하지만 그 정도로는 부족해. 이따금 한 번씩 제대로 걸러내야 해. 그래야 맑아져."

천마재생

"무서운 말씀이십니다."

"그건 네가 물고기라서 그런 게야. 아직 작고 보잘 것 없지만, 너 역시 분탕질을 치는 물고기이긴 하지."

하소인은 그 말의 뜻을 잘 알기에, 몸을 파르르 떨었다.

하지후의 발이 한 건물 앞에서 멈췄다.

작은, 고작 한 사람 만이 들어설 수 있을 만한 아주 작은 건물이었다.

그랬기에 어찌 보면 측간이지 않을까 싶었다.

아니면, 빛바랜 돌부처를 모셔놓은 제당이거나.

하지후가 문을 열고 그 안으로 들어서더니, 가부좌를 틀고 앉았다.

마치 돌부처만 같다.

영원히 그 안에서 머물며 움직이지 않을 듯하다.

하지만 이 돌부처는 결국 움직일 것이다.

그때는 온 몸을 피로 물들이리라.

하지후는 두 눈을 지그시 감으며 말했다.

"숙고를 할 터이니, 가서 기다리고 있거라."

진무하가의 가솔이라면 누구나 알고 있는 하지후의 입버릇이다.

그 말은 은밀한 조롱꺼리였고, 이따금 우스갯소리로 쓰였다.

하소인도 이따금 그리 사용하고는 했다.

하지만 지금은 달랐다.

가서 기다리라는 말.

무섭다.

계속 기다리고만 있었으면 좋겠다.

하소인이 외치듯 말했다.

"태상가주님. 그 물고기 중에는 당신의 자식들도 섞여 있습니다!"

스르르 문이 닫힌다.

"그래서?"

그 한 마디를 내보낸 후, 문은 빈틈을 메워 버렸다.

하소인은 닫힌 문을 가만히 바라보았다.

얼마의 시간이 흐른 후에야 하소인의 입이 벌어진다.

"그래서 라니요. 할아버지, 그래선 안 되는 거잖아요."

하소인은 힘없이 몸을 돌렸다.

남장후가 전하라고 했던, '청지를 부활시켜라' 라는 명령의 진의를 이제야 알 것 같았다.

청지는 이미 부활해 있었다.

그걸 남장후가 모를까?

아니, 분명 알고 있을 것이다.

그런데 왜 굳이 그런 명령을 전하라 했을까?

부활한 청지는 남장후의 오대세력 중 하나였던 청지가 아니기 때문이다.

165

천마재생

부활한 청지는 오히려 남장후라는 호랑이를 낚기 위한 함정이기 때문이다.

남장후의 전언은 명령이 아닌 경고였던 것이다.

나를 대적할 생각은 버리고 예전 집마맹을 상대했을 때처럼 손을 잡자, 라는…….

하지후는 숙고한다고 했다.

그가 숙고 끝에 어떤 결론을 내릴 지는 그 자신 밖에 모르리라.

하지만 하소인은 조금 전 감옥과 같은 연무장에서 나눈 몇 마디 대화를 통해 살짝 엿본 기분이었다.

'호랑이의 등에 타겠다고 하셨지?'

머리가 복잡하다.

하소인은 너털너털 걸음을 내딛었다.

하지후가 사라지자, 청지는 본래의 활기찬 모습을 되찾았다.

하지만 이 야시장처럼 활기찬 거리에 하소인이 섞일 만한 장소는 없었다.

기다렸다는 듯이 한 사람이 다가와 그녀의 옆에 붙었다.

그녀의 부친인 탕평검군이었다.

그제야 하소인은 어색하게나마 웃음을 찾을 수 있었다.

"태상가주께서는 가내의 분란을 먼저 정리하실 계획이시다."

탕평검군이 하는 말에 하소인은 고개를 끄덕였다.

"그 정도는 저도 알아요. 그 다음이 걱정이지요."

"아니. 그 다음은 걱정이 아니야. 가내의 분란. 그게 문제이지. 내 형제를 내 손으로 죽여야 하는 싸움보다 더 걱정되는 것이 무엇이 있겠느냐. 적을 이기지 못해 죽는다면, 괴로운 일이지만 슬픈 일은 아니지. 우린 이제부터 슬픈 일을 해야 한다. 꽤 오랫동안 슬퍼해야 한다."

하기야 그렇다.

하소인이 고개를 숙였다.

"죄송합니다, 아버지. 제가 생각이 짧았습니다."

"아니야. 오히려 길었지. 가자. 네가 머물 곳을 안내해 주마."

하소인이 물었다.

"얼마나 머물면 됩니까?"

탕평검군이 신음처럼 말했다.

"이틀."

"그렇군요. 이틀이군요."

하소인이 이를 악 물었다.

이곳 청지에서 이틀만 머무르면 된다는 것.

그건 이틀 후, 청지는 이 지하공동을 벗어나 위로 올라갈 것이라는 뜻이었다.

그리고 진무하가 내에 잠입하여 분란을 일으키고 있는

천외비문의 비문전인과 그에 야합하여 역모를 꾸미고 있
던 검호당을 단숨에 정리하겠지.

그 싸움은 이겼다고 해도, 기뻐할 수 없으리라.

승자와 패자 모두가 피눈물을 흘려야 하리라.

모두가 가족이니까.

탕평검군이 갑자기 손뼉을 쳤다.

"이런. 내가 깜빡했군. 소인아, 아무래도 난 먼저 가봐
야겠구나."

하소인은 고개를 끄덕였다.

"네. 가보세요. 딸내미야 길을 잃고 헤매든 말든 무슨
상관이겠어요. 일이 더 중요한데요."

탕평검군은 쓴웃음을 지은 후, 고개를 이리저리 돌렸다.

그러다, 뭔가를 발견했다는 듯이 한쪽을 향해 손을 뻗었
다.

"이보게. 이리 좀 와보게."

그러자 그 방향에 있던 청년 한 명이 휙 몸을 돌려 탕평
검군을 향해 다가왔다.

"네, 소지주(小池主)님. 부르셨습니까?"

소지주.

이 위쪽 진무하가에서는 한량이라고 여겨지는 탕평검군
이 바로 이곳 지하 청지에서는 검성 하지후만을 위로 두는
권력자라는 뜻이다.

그러니 바쁠 수밖에 없겠지.

탕평검군이 청년을 향해 말했다.

"이 아이를 참호루(斬虎樓)로 안내 좀 해주게."

청년은 공수를 취했다.

"알겠습니다. 아가씨 저를 따라오시지요."

탕평검군은 용건이 끝났다는 듯 돌아섰고, 바로 빛살처럼 사라져 버렸다.

하소인은 탕평검군이 사라진 방향을 아쉽다는 듯 바라보다가, 청년에게로 고개를 돌렸다.

그 순간 그녀의 눈이 찢어질 듯 벌어졌다.

"어?"

청년이 활짝 웃었다.

"저를 기억하십니까?"

하소인은 손을 들어 청년을 손가락질 했다.

"너, 너, 너? 너, 맞지?"

청년이 더욱 환하게 웃으며 크게 고개를 끄덕였다.

"네, 저 맞습니다. 아가씨께서 기억해주실 줄은 몰랐습니다. 아가씨와 함께 진무단에서 이년동안 동문수학을 했던 남동일입니다."

하소인이 버럭 소리 질렀다.

"이건 또 뭐야! 당신이 여기에 왜 있어!"

남동일.

그린 것처럼 준수한 외모.

성격이 좋다는 것을 알려주는 듯한 순수한 표정.

그리고 그늘이 느껴지지 않는 맑은 눈빛과 목소리.

여자라면 누구라고 해도 호감이 갈만한 청년이다.

나이는 올해로 서른.

진무하가의 방계혈족인 어머니와 진무하가의 속가무인인 아버지 사이에서 태어났다.

아버지의 훈육을 받으려 자라오다가 열세 살 무렵, 진무하가의 문외제자로 발탁되었고, 이후 재능을 인정받아 열일곱이 되었을 때는 진무하가가 인재를 키우기 위해 만든 단체, 진무단의 단원이 된다.

그리고 나이 스물 셋에는 진무단의 부단주로 승진함으로써 진무하가가 자랑하는 후기지수 중 일인이 되기에 이른다.

하지만 오 년 전, 성하맹과 관련된 비밀지령을 받아 암약하다가 결국 죽게 된다.

그게 공식적인 그의 신상명세였다.

"오 년 전, 저는 비공식적으로 지령을 받게 되었습니다. 아니 발탁이 되었다고 말씀드려야 더 정확하겠지요. 죽음을 가장하고, 이렇게 청지의 일원으로 들어오라는 명이었습니다. 그리고 이렇게 보시다시피, 잘 지내고 있었습니다. 아가씨에 대한 이야기는 소지주님을 통해 이따금 듣고 있었습니다. 아! 그러니까 왜냐면 저는, 그냥 간혹 아가씨가 생각……, 아니 걱정……, 그게 아니라, 흠흠. 그래요. 기억이 났었습니다. 그런데 아가씨께서도 저를 기억하고 계실 줄이야……."

그러며 남동일은 감격했다는 듯, 하던 말을 끝맺지 못하고 입을 우물거렸다.

하지만 그를 바라보는 하소인의 얼굴은 어이없다는 듯 입을 쩍 벌리고 있었다.

남동일.

기억을 못할 리가 있나.

정확히 말하면 그녀 외에 그 누구도 기억하지 못해야 정상이었다.

본래 남동일이라는 사람은 없으니까.

남동일의 나이는 서른이 아니다.

고작 다섯 살 밖에 되지 않는다.

오 년 전, 촉진에서 금적산과 관련된 사건 중에 남장후가 만들어낸 가상인격에 불과하다.

그러니까, 지금 눈앞에서 순진한 표정으로 서 있는 이 잘생긴 청년 남동일의 정체는 바로, 그 무시무시한 수라천마 장후…….

171

'아니지. 굳이 그가 이곳에 잠입할 필요는 없지. 시간도 없고. 그럼 이 남동일은 그분이 아니라, 수하 중 한 명을 역용케 한 다음 잠입시켰을 수도 있어.'

그랬을 거다.

'헌데, 왜 굳이 남동일일까?'

가상의 인물을 만들어서 잠입시키는 것보다는 청지의 무인 중 누군가 하나를 골라잡아 납치한 후에 그로 변장하는 것이 훨씬 더 편했을 텐데?

'나 때문에?'

남동일의 정체를 바로 알아볼 만한 사람은 오직 그녀뿐이었다.

굳이 접선을 위한 과정을 거치지 않아도, 하소인은 남동일을 바로 알아볼 수밖에 없다.

'대체 이번엔 내게 무슨 짓을 시키려고?'

남동일은 그녀의 복잡한 생각이 고스란히 느껴지는 어지러운 시선을 지켜보다가 조심스레 물었다.

"왜 그러십니까?"

하소인은 퉁명스레 물었다.

"내가 왜 이러는 것 같나요? 당신은 알 텐데?"

남동일은 짐작이 가지 않는지, 눈을 굴리다가 그제야 생각났다는 듯 입을 크게 벌렸다.

"아! 제가 정신이 없어서…… 피곤하시죠? 참호루로 안내해 드리겠습니다."

그러며 정중하게 앞쪽을 가리켰다.

하소인은 콧방귀를 훅 끼며 입매를 비틀었다. 그러며 너털너털 남동일이 가리킨 방향으로 걸어갔다.

남동일은 그녀의 뒤를 따라 걸으며 말했다.

"당황스러우시죠? 죽었다고 알려진 가인들이 가득한 광경이. 저도 처음 이곳에 왔을 땐 혹시 제가 정말 죽어서 지옥에 떨어진 건 아닐까 의심했었습니다."

하소인이 말했다.

"당신은 지옥에 떨어질 리가 없어요."

당신이라는 사람 자체가 본래 없었으니까.

하지만 남동일은 알아듣지 못하고 흐뭇한 미소를 지었다.

"좋게 보아주셔서 감사합니다. 그래요. 지옥 일리가 없겠죠. 다만, 우리는 이제 지옥을 만들 겁니다."

그러며 남동일은 우울한 표정을 지었다.

지옥을 만든다라……

그 지옥이 펼쳐질 무대는 진무하가임이 분명했다.

그러니 하소인으로서는 가슴이 먹먹하기만 했다.

가문이, 가족이 서로를 향해 칼을 휘두르는 광경을 보게 될 것이다.

하지후의 말대로라면 고작 이틀 밖에 남지 않았다.

막을 방법이 없는 걸까?

천마재생

모두가 가족이다.

형제고 자식이며, 친척이다.

설득을 하면, 칼을 뽑는 게 아니라 가슴을 열고 서로가 진심을 드러낸다면, 이견을 좁힐 수도 있지 않을까?

썩은 살을 도려내기는 극단적인 방법보다는 딱지가 않도록 약을 바르고 붕대로 감는 게 낫지 않을까?

그 자리가 흉터처럼 보기 흉할 수도 있지만, 그건 험난한 시간을 넘겼다는 훈장일 수도 있다.

남동일이 말했다.

"지옥을 지키는 간수들은 무슨 심정일까요? 죄지은 영혼들이 고통 받는 모습을 즐길까요? 저는 그렇게 여기지는 않습니다. 어쩌면 그들이야말로 더욱 고통스러울지 모릅니다. 그럼에도 그들은 지옥을 지킵니다. 지옥이 필요하기 때문이겠죠. 이곳에 오기 싫으면 죄를 짓지 말라고요. 그리고 언젠가 죄지은 이가 단 하나도 없어서, 지옥이라는 곳이 자연스레 사라지길 바라겠죠."

하소인은 비웃음을 머금었다.

"이상적이네요."

그건 당신이 할 말이 아니야, 남동일!

당신의 주인, 어쩌면 당신이 바로 지옥 그 자체이니까.

남동일이 고개를 끄덕였다.

"그렇습니다. 이상이지요. 하지만 저는 계속 추구하다

보면 언젠가 현실이 되리라 믿습니다."

하소인이 미소가 짙어졌다.

그럴 수도 있겠지요.

하지만 그 숭고한 이상의 완성은 바로 당신의 주인이나, 혹은 당신의 죽음을 의미하는 것임을 알고 하시는 말씀인……

"어?"

하소인의 고개가 휙 옆으로 돌아갔다.

그리고 믿을 수 없다는 듯이 눈코입을 쩍 벌리고, 남동일을 노려보았다.

남동일은 갑작스러운 그녀의 모습에 당황하여 눈을 껌뻑였다.

"왜 그러십니까?"

하소인은 침을 꿀꺽 삼킨 후 물었다.

"설마 당신, 죽으려는 거에요?"

"제가요?"

"당신, 죽으려는 거죠? 그렇죠? 뭔가 이상하기는 했어. 청지를 부활시키겠다니. 부활한 청지가 그때의 청지가 될 리가 없잖아. 그리고 최근에 협왕 위수한이 당신과 선을 그었다는 이야기도 있고. 뭔가 이상하다 했어. 당신, 죽으려는 거죠? 그죠? 말해 봐요."

남동일은 어색한 표정을 지으며 고개를 내저었다.

천마재생

"무슨 말씀인지 모르겠습니다."

하소인이 버럭 소리 질렀다.

"왜 몰라! 알 거 아니야! 적을 없애기만 하던 당신이 왜 적을 계속 만들고 있는지 이상했어! 당신, 죽으려는 거죠? 이 세상에 위협적인 건 모조리 쓸어 담고 없어지려는 거 아냐! 당신의 지옥을 만들려는 거지? 그렇게 해서 깨끗해진 세상을 청지와 위수한에게 넘겨주려는 거 아냐! 그렇지? 내 말이 맞죠?"

"저는 무슨 말씀을 하는 건지 모르겠습니다."

그러며 남동일은 걸음을 멈추더니, 앞쪽 건물을 가리켰다.

"여기가 참호루입니다. 이곳에서 여장을 푸시면 될 겁니다."

하소인은 가만히 남동일을 바라만 보았다.

남동일은 주눅이 든 것처럼 목을 숨기며 어색하게 웃었다.

"저는 아가씨께서 정말 무슨 말씀을 하시는 건지 모르겠습니다."

하소인은 잠시 더 남동일을 노려보다가, 눈에 힘을 풀고 짧은 한숨을 내뱉었다.

그렇지.

이 남동일의 정체가 남장후일 리가 없지.

만약 남장후라고 하여도, 자신의 정체가 무엇인지 이 남동일이 알 리가 없다.

"워낙 치밀해야 말이지."

그렇게 속삭이며, 참호루 쪽으로 걸음을 내딛었다.

문을 여는 순간, 남동일의 목소리가 그녀의 등을 때렸다.

"다만, 한 가지는 알겠습니다."

하소인이 문을 열다 말고 고개를 돌렸다.

남동일이 지금까지와는 달리, 차갑고 매서운 표정을 하고 서 있었다.

누군가를 떠올리게 하는, 딱 그 표정이다.

"그렇게 쉽게 넘겨주지는 않아."

하소인의 눈이 찢어질 듯이 커졌다.

"당신?"

남동일의 표정이 다시 돌아온다.

그러며 눈을 깜빡였다.

"네? 더 하실 말씀이라도 있으십니까?"

커졌던 하소인의 눈이 칼날처럼 얇아졌다. 그리고 반쯤 열었던 문을 부숴버릴 듯이 잡아당기며 외치듯 말했다.

"당신에게 할 말은 없어요!"

쾅!

하소인이 안으로 사라지자마자 문은 닫혔고, 홀로 남겨진 남동인은 볼을 긁적였다.

"대체 왜 저러시는 거지?"

깊은 밤.

요요한 달빛을 가르며, 진무하가 안으로 십여 개의 그림자가 내려선다.

진무하가는 고요하다.

그렇기에 진무하가의 가솔들은 귀가 예민한 편이다.

과장을 조금 섞어 말하면 바늘 하나를 툭 떨어트리면, 화포가 떨어진 듯이 여겨지지 않을까 싶을 정도이다.

그런데 내려선 십여 개의 그림자는 진무하가의 가솔들의 귀를 속이며, 진무하가의 건물 사이를 날듯이 달려 나갔다.

그들의 입고 있는 무복은 가을날의 하늘빛처럼 푸르다.

그리고 허리에 찬 검은 눈을 뭉쳐 만든 것처럼 새하얗다.

청의에 백검.

천외비문을 상징하는 복색이었다.

바람처럼 질주하던 천외비문의 무인들이 한 건물 앞에서 멈췄다.

건물의 대문은 기다렸다는 듯 소리없이 열렸고, 천외비문의 비문전인들은 당연하다는 듯 대문 안으로 사라졌다.

대문의 안, 사방 십여 장쯤 되는 대전 위 백여 명의 사내들이 그들을 맞이하듯 서 있었다.

그들의 선두, 진무하가 삼대세력 중 검호당의 당주이며, 진무하가 공식서열 칠위인 하연철이 보였다.

하연철은 마주 걸어오는 천외비문의 무인들을 향해 포권을 취했다.

"먼 길 오시느라 고생 많으셨소이다. 내가 바로 하연철이외다."

천외비문의 무인 중 한 명이 대열을 벗어나 한 걸음 앞으로 나섰다.

그가 바로 천외비문의 책임자인 모양이었다.

"천외비문의 천류인(天留印)이라 합니다."

하연철은 포권을 풀며 빙긋 웃었다.

"당신께서 바로 천외비문 천문의……?"

천류인이라는 사내 역시 포권을 풀고 고개를 끄덕였다.

"네. 제가 바로 천문의 오대비검(五大秘劍) 중 류검입니다."

그러며 천류인은 고개를 돌려, 등진 사내 중 둘에게 시선을 두었다.

둘이 알겠다는 듯 반 보 앞으로 나와 포권을 취했다.

"오대비검 중 정검(貞劍) 천오정입니다."

"오대비검 중 장검(腸劍) 천이륜입니다."

천류인의 시선이 다른 천외비문의 무인 중 한 명에게로 옮겨갔다.

천마재생

눈빛이 서늘한 사내였다.

표정은 오만함이 엿보였다.

용모로는 이제 서른이나 되었을까 싶은데, 달리 보면 쉰은 넘은 듯하기도 했다.

괴상하지만 그랬다.

천류인의 시선이 계속 머물자, 눈빛이 서늘한 사내는 어쩔 수 없다는 듯 입을 열었다.

"천검(天劍)이오. 이름은 없소."

예의가 없다 싶은지, 하연철의 표정이 굳었다.

그러자 천류인이 부연하여 설명하듯 말했다.

"저희 오대비검의 수좌이십니다."

하연철의 표정이 약간 풀어졌다.

사정에 들은 대로라면, 이 오대비검이라는 자들은 천문 내에서 문주를 제외하고는 가장 뛰어난 고수이며, 권력자라고 했다.

그러니 오만할 수밖에 없겠지.

하지만 앞으로 한 배를 탈 동료로 삼기에는 조금 불편하다 싶었다.

'아니지. 한 배를 탈지, 아니면 배 밖으로 던져 버릴 지는 봐야지.'

우선은 정박해 있는 진무하가라는 배를 차지하여 강호 제패를 위한 여정에 올리는 게 먼저이다.

하연철은 그렇게 다짐하며 불편한 속내를 숨기며, 환하게 웃었다.

"자. 이렇게 서 있지 마시고, 저를 따라 안으로 드시지요. 주안상을 좀 마련해 두었습니다. 허허허허허헛."

그 순간 천검이라는 사내의 표정이 싸늘해졌다.

천류인이 앞으로 나서며 손을 저었다.

"아니요. 되었습니다. 우선 일부터 끝내지요."

"일이라니요? 듣지 못하셨습니까? 거사는 이틀 후로……."

천류인이 말했다.

"듣지 못하셨습니까? 거사가 사전에 들통 났음을?"

"네?"

하연철이 깜짝 놀라 눈을 휘둥그레 뜨자, 천검이 피식 비웃음을 뱉었다.

"홋! 눈만 없는가 했는데, 이제 보니 귀도 없나보군."

하연철의 얼굴이 붉게 물든 순간, 천류인이 나서며 말했다.

"아. 정보를 아직 듣지 못하셨을 수도 있군요. 그것이 저희가 이렇게 서둘러 온 이유입니다."

"어떻게 아셨습니까?"

"저쪽에 간자를 심어 두었습니다. 그 간자를 통해 입수한 정보입니다."

"확실합니까?"

181

"네. 확실합니다. 그 간자 덕분에 청지의 위치까지 밝혀
낼 수 있었습니다."

"청지요?"

천검이 다시 코웃음 쳤다.

"이거야 원. 뭘 아는 게 있어야 손발을 맞추지."

하연철이 외쳤다.

"이보시오! 말씀이 과하시외다!"

천검이 눈을 좁혔다.

"말씀이 과해? 이봐. 아는 게 없으면 그냥 들어. 모르면
그냥 시키는 대로 해. 이 진무하가를 덥석 안겨 줄 테니까."

"당신!"

그때였다.

하연철의 뒤편에서 늙수룩한 목소리가 흘러나와, 하연
철의 입을 막았다.

"저들의 말이 옳다. 청지가 무엇인지는 내가 알려주마.
그러니 우선 들어라."

모두의 시선이 목소리의 주인을 향했다.

진무하가의 몇 안 되는 원로 중 한명인 하지광이었다.

그는 검성 하지후와 동배분의 인물로, 하지후를 대신할
수 있는 유일한 인물이기도 했다.

그가 뒤를 보아주었기에 하연철은 역모를 획책할 수 있
었다.

하연철은 입을 다물고 물러섰고, 그를 대신하여 하지광이 앞으로 나섰다.

"청지가 부활했는가?"

천류인이 고개를 끄덕였다.

"그렇습니다."

"몰랐네. 미안하게 되었구만."

천류인이 빙긋 웃었다.

"모르셔도 됩니다. 몰라도 상관없기 위해 우리가 이 자리에 온 것이니까요."

하지광이 그와 비슷한 미소를 머금었다.

"그렇군. 대단한 자신감이네."

천검이 몇 마디를 툭 뱉었다.

"자신감이 아니라, 실력이지."

"알겠네. 실력이라 믿지. 그래, 그럼 상황이 급하게 되었구만. 그럼 기일을 당겨야겠어. 언제가 좋겠는가?"

천류인이 기다렸다는 듯 말했다.

"한 시진 후가 어떨까 합니다."

말도 안 된다 싶은지, 하연철이 나서 항의하려 했지만, 하지광의 차가운 눈빛이 그의 입을 막아버렸다.

하지광은 다시 천류인을 돌아보며 말했다.

"알았네. 한 시진 안에 준비를 마치겠네. 그런데 청지가 어디에 있는지, 그 위치를 정말 아는가?"

천마재생

천류인이 고개를 저었다.

"아니요. 저희는 모릅니다. 다만 그 위치를 아는 간자가 이리로 와 우리를 안내할 것입니다."

그때였다.

천장에서 뭔가가 툭 하고 떨어져 내렸다.

하연철과 검호당의 무인은 긴장하며 검을 뽑아들었다.

하지만 천외비문의 무인들을 그럴 줄 알았다는 듯 담담한 표정으로 떨어진 것을 바라보았다.

그건 사람, 이제 서른 쯤 되었을까 싶은 청년이었다.

천류인이 청년을 가리키며 말했다.

"조금 전 말씀드린 안내인입니다."

청년은 무릎을 피고 일어나 하지광 쪽을 향해 정중히 포권을 취했다.

"남동일이라고 합니다."

第百六章.

우리의 시대는 그랬다

第百六章.

우리의 시대는 그랬다

이따금 전쟁에 대한 역사를 들쳐보면, 그 계기가 우습다 싶을 정도로 아주 사소한 사건인 경우가 종종 있다.

가령 중재를 위해 만난 자리에 상대방의 젓가락질이 마음에 들지 않아서라던가, 때로는 서로의 영역을 넘지 말기로 했는데 장난을 친다며 발을 슬쩍 들이민다던가.

그런 어처구니없는 계기로 전쟁이 벌어질 때도 있다.

어린 아이조차 믿을 수 없다며, '고작 이런 것 때문에 전쟁이 벌어진다고요?' 라고 되물어오곤 한다.

하지만 세상을 아는 나이가 되면, 오히려 심각한 표정으로 이리 말한다.

'전쟁의 계기란 넘치기 전의 잔 위에 떨어트린 물방울

187

같구나.'

그렇다.

전쟁이 벌어지는 뚜렷한 계기란 비록 웃음이 터질 정도로 사소한 사건일 수 있지만, 그 밑에는 이미 수를 셀 수 없을 정도로 많은 분쟁과 역사가 넘칠 정도로 쌓여 있었기 때문이다.

그렇기에 계기란 그리 중요치 않다.

단, 계기가 바로 전쟁의 시발점이 된다는 것만은 무시할 수 없다.

전쟁이 언제 어느 때에 시작되는지에 따라 전쟁의 승패가 갈린다.

준비된 쪽이 아직 준비되지 않은 상대를 향해 일방적인 급습을 가하게 된다면?

그것은 세력의 강약을 넘어서는 무기이다.

검호당과 천외비문이 그 무기를 뽑아든 것이다.

급습!

단숨에 진무하가를 전복시킬 수 있는 기회였다.

하지만 그 전에 한 가지 문제를 선결해야만 했다.

"남동일이라는 저 간자를 믿을 수 있습니까?"

하연철은 남동일을 힐끔거리며 그렇게 말했다.

태상가주가 역모의 기일을 이미 알고 있다는 것.

뿐만 아니라, 청지라는 비밀세력을 육성해 놓고 역모를

대비하고 있었다는 것.

마지막으로 청지라는 비밀세력이 위치한 장소에 대한 정보까지.

이제부터 치러질 전쟁에 대한 계기가 된 세 가지 정보는 모두 남동일에게서 나왔다고 봐야했다.

그렇기에 남동일이라는 간자에 대해 알아야 했다.

그래야 그의 정보에 대한 믿음이 생긴다.

남동일.

대체 누구인가?

그린 것처럼 잘 생긴 청년이다.

어디에 내놓는다고 해도 눈에 뜨일만한 외모였다.

더구나 나타날 때 살짝 드러낸 실력은 연배에 어울리지 않을 정도로 뛰어났다.

저 정도라면 아무리 진무하가가 천하제일의 가문이며 천하에 손꼽히는 무력단체라고 하여도, 주머니 속의 송곳처럼 결국 튀어 나올 수밖에 없다.

그런데 하연철 뿐 아니라, 검호당의 무인 중 그 누구도 남동일을 알지 못했다.

어째서일까?

의심이 든다.

아무리 천외비문이 심어놓은 간자라고 하여도, 하늘에서 뚝 떨어질 수는 없다.

189

이곳은 진무하가이기에.

그러니, 남동일이라는 간자에 대해 알 수 있는, 최소한 단서라도 될 만한 정보라도 있어야 했다.

그런데 없다.

하지만 하지광이 말에 모두는 의심 대신 쓴웃음을 지었다.

"너희는 진무하가에 대해 다 알고 있었느냐? 허면 태상가주께서 우리의 역모를 미리 알고 있었으며, 그를 대비하여 청지를 이미 부활시켰음은 어찌 몰랐던 게냐?"

검호당원들은 아무런 대꾸도 하지 못했다.

그들은 청지가 무엇인지도 잘 몰랐다.

그들이 아는 청지라는 두 글자는 수라천마 장후의 오대세력, 오대마천 중 하나였던 청지뿐이었다.

하지만 진무하가의 태상가주인 검성 하지후가 은밀히 육성한 세력이 그 청지일 리는 없었다.

그렇기에 왜 검성 하지후가 자신의 비밀세력을 청지라고 지은 걸까?

오직 하지광 만은 뭔가를 알고 있는 눈치이지만, 아무런 설명도 하지 않았다.

그저 청지라는 이름을 들었을 때부터 불편한 얼굴을 하고 있을 뿐이었다.

그럴 수밖에 없었다.

하지광은 과거 청지의 주축인사로써 활동했었으니까.

그에겐 누구에게도 말할 수 없는 인생의 오점이었다.

'미쳤소, 형님? 이제와 다시 청지라니. 정녕 미친 거요?'

청지는 진무하가에게도 치욕의 역사이다.

무너진 진무하가를 다시 일으키기 위해, 수라천마 장후의 지원을 받았고 그 대가로 수족노릇을 했다.

그 날을 떠올리면 하지광은 심장이 아프고 머리가 어지러웠다.

만약 그 비밀이 알려진다면 세상은 진무하가를 어찌 여길 런지…….

모든 걸 잃을 것이다.

정파제일의 가문이라는 영예를 박탈당할 것이다.

진무하가는 또 다른 오륜마교라며, 인두겁을 쓴 마귀였다며, 질타를 받게 될 것이다.

결국 이루어낸 모든 것이 모래성처럼 흩어져 버리고 말 것이다.

'그럴 수는 없지!'

그것이 하지광이 검을 뽑아든 이유였다.

'검성 하지후는 죽어야 해!'

과거의 잔재를 모조리 지워버려야 했다.

그의 사촌 형님인 검성 하지후는 분명 위대한 영웅이지만, 그는 새로운 역사를 이루어 냈지만, 어둠이 짙다.

천마재생

그 어둠을 없애버려야 한다.

그래야 진무하가는 오직 빛 속에서 새로운 도약을 할 수 있으리라.

그것이 하지광이 후대를 위해, 그리고 자신의 삶을 위해 마지막으로 치러야할 희생일 것이다.

하지광은 그렇게 믿었다.

"모든 준비를 마쳤습니다."

그러한 결심을 되새기고 있던 하지광의 곁으로 하연철이 다가와 말했다.

하지광은 상념을 지워버리고, 주변을 스윽 둘러보았다.

어림잡아 삼백 명 정도는 되는 듯했다.

적지 않은 숫자이지만, 그리 많다고 여길 수는 없었다.

이 정도 가지고는 무리이다.

검성 하지후가 부활시킨 청지가 과거의 절반 정도만 된다고 하여도, 이 정도 숫자는 단숨에 쓸어버릴 수 있었다.

아무리 급습을 꾀한다고 하지만, 결과는 다르지 않을 것이다.

'저들이 없다면 그렇겠지.'

하지광의 시선이 천외비문의 비문전인들 쪽으로 돌아갔다.

오대비검이라는 작자들.

하나같이 실력을 가늠하기 힘든 고수였다. 특히 천검이

라는 작자를 보았을 때, 하지광은 경악했다.

그 위압감이라니.

천검은 오직 절정의 끝에 이르러 입신의 경지를 앞에 둔 정도의 고수만이 느낄 수 있을 만큼 슬쩍 자신의 실력을 내비췄다.

그렇기에 검호당의 무인 중 그 누구도 그를 알아볼 수가 없었다.

하연철조차도 마찬가지였다.

그랬기에 천검은 오만한 태세를 유지하고 있는 것이다.

호랑이가 승냥이 무리를 존중하는 법은 없으니까.

그렇기에 하지광만은 그의 오만함이 마음에 들었다. 익숙하기도 했다.

젊었을 때의 검성 하지후를 보는 기분이었으니.

그렇다.

천검이라는 작자는 전성기 무렵의 검성 하지후이다.

그러니 늙어버린 검성 하지후가 그를 상대할 수는 없을 것이다.

그 외에도 오대비검 중 장검이나 류검, 정검, 장검이라는 자들 역시 만만치 않았다.

현 진무하가에서 다섯 손가락 안에 든다고 자부하는 하지광 자신보다 나으면 나았지, 못하진 않았다.

그 외의 이들은 또 어떤가?

절정 수준의 고수가 다섯이 넘는다.

그리고 그들은 미리 진무하가에 잠입시켜 놓은 비문전인들을 소집했는데, 그 숫자는 백 정도에 불과하지만, 하나같이 몸놀림이 범상치 않았다.

그들 중 삼분의 일만 나서도 검호당 삼백 무인을 단숨에 쓸어버릴 수 있을 것 같았다.

역시 천외비문이라는 말이 하지광의 입안에 맴돌았다.

'이 정도면 충분해.'

후일 저들 천외비문의 검이 우리를 향할지 모른다.

하지만 지금은 더없이 든든할 뿐이다.

'이 정도면 후회와 번민의 역사를 잘라버릴 수 있어.'

그 후의 일은 온전히 후대의 몫이었다.

태상가주라는 울타리를 잃은 진무하가가 수라천마에 의해 무너지든, 혹은 천외비문에 먹히든 상관없다.

진무하가는 정파무림의 구세주였노라는 고결한 이름과 상징으로 기억될 테니까.

하연철이 말했다.

"저기, 대원로님? 준비를 마쳤습니다."

하지광이 눈을 껌뻑이며, 소리없이 웃었다.

"미안하네. 생각이 길어져서 그러네."

하연철이 쓴웃음을 지었다.

"모두가 그렇습니다."

하지광이 고개를 끄덕였다.

"그래. 하지만 할 것 해야지. 가세나. 진무하가의 영광을 위해."

하연철이 크게 고개를 끄덕였다.

"네! 진무하가의 영광을 위해!"

†

남동일이 꺼내놓은 지도대로라면 청지로 이어지는 통로는 도합 일흔 두 개나 되었다.

도합 일흔 두 개라니!

검호당의 무인들은 혀를 내둘렀다.

일흔 두 개나 되는 통로 중 그 어느 것도 모르고 있었다는 게, 검호당으로써는 창피하고 섬뜩했다.

만약 천외비문과 손을 잡지 않았다면, 칼을 뽑기도 전에 당했을 테니까.

남동일은 지도에 표시된 일흔 두 개의 통로 중 일곱 개를 통로를 가리켰고, 그 일곱 개가 가장 빠르고 은밀하게 청지로 접근할 수 있는 통로라 설명했다.

그러며 그 중 하나를 선택하는 편이 옳다고 강조했다.

그때 천검이 말했다.

"너를 어찌 믿고?"

그러며 남동일이 선정한 일곱 개의 통로가 아닌, 남은 예순 다섯 개중 한 곳을 슬쩍 가리켰다.

"이리로 하자."

남동일은 물끄러미 천검의 얼굴을 올려다보았다.

천검이 그를 오만한 눈으로 내려 보며 말했다.

"왜? 싫으냐?"

남동일은 고개를 크게 내저었다.

"그럴 리 있겠습니까? 시키신 대로 안내하겠습니다."

천검이 피식 웃었다.

"네가 널 믿지 못하는 게 당연하다는 게냐?"

그 순간, 그의 뒤편에 있던 류검 천류인이 슬쩍 검에 손을 가져다 댔다.

남동일은 천문에서 오 년 전에 진무하가 안에 잠입시킨 간자 중 한 명이었다.

당시 천문에서는 총 마흔 일곱 명을 잠입시켰는데, 현재까지 활동하는 건 남동일이 유일했다.

그만큼 유능했지만, 반면 의심스럽기도 했다.

오늘 일을 계획할 무렵에 남동일에 대한 사전조사를 마치긴 했지만, 그래도 일을 벌이기 전에 다시 한 번 짚고 넘어갈 필요는 있었다.

남동일은 말했다.

"저는 시키는 대로 할 뿐입니다."

천검의 미소가 짙어졌다.

"시키는 대로 하는 녀석치고는 너무 잘 하는데? 이상하지 않느냐? 시키는 대로만 하는 녀석이 유일하게 살아남은 간자이다?"

그러자 뒤편에 있는 류검이 검의 손잡이를 굳게 잡았다.

그 모습을 보지 못하는지, 남동일은 맑은 눈으로 천검만을 바라보며 대꾸했다.

"그건 저도 잘 모르겠습니다. 어째서 저만이 살아남았고, 버틸 수 있었을까요? 다만 한 가지. 저는 지난 오 년 동안 그저 시키는 대로 하였기 때문입니다. 그것이 이유이지 않을까 싶습니다."

천검이 남동일의 눈을 가만히 바라보았다.

남동일은 그의 예리한 눈빛을 피하지 않고, 그대로 마주 대했다.

어느 순간 천검이 피식 웃었다.

"넌 희대의 사기꾼이던가, 아니면 거짓을 말할 줄 모르는 멍청이겠구나. 그 둘은 동전의 양면처럼 다르지만, 하나만은 유사한 점이 있지. 오래 살아남는다는 게야."

그 순간, 뒤편에 있던 류검 천류인이 살짝 뽑았던 검을 검집 속으로 되돌렸다.

천검이 조금 부드러워진 표정으로 말했다.

천마
재생

"옳다. 모르면 시키는 대로 하는 게 맞다. 정보가 없고, 경험이 부족하면, 네게 없고 부족한 것을 가진 이가 시키는 대로 하는 게 옳다. 부족한 자신의 판단보다 월등히 낫지. 그게 살아남는 법 중 하나이다. 하지만 대부분이 알면서도 모르는 척 외면하지. 제가 더 많이 알고 더 많이 가졌다고 착각한단 말이야. 그러다 죽지. 쯧쯔쯔."

그러며 천검은 힐끗 검호당의 무인들 쪽을 돌아보았다.

바로 그들이 그렇다는 듯한 눈빛이었다.

검호당 무인들이 얼굴이 붉게 물들었지만, 천검은 상관없다는 듯 다시 남동일에게로 시선을 돌렸다.

"그래. 제대로 배웠구나. 누구의 자식이냐?"

누구의 자식이라.

천문의 무인 중에서 누구의 밑이냐 라는 질문이었다.

남동일이 말했다.

"청지 소속입니다."

그러며 씩 웃는다.

천검이 입을 쩍 벌리고 크게 웃었다.

"하하하하하하하핫! 우문에 현답이구나! 그래. 네 녀석은 청지의 소속이지. 하하하하하하하핫! 좋아, 제법 괜찮은 녀석이야."

그러더니 웃음을 싹 지우며 말했다.

"오늘, 청지는 사라진다. 그 후 너는 내 자식이 되어라. 알겠느냐?"

남동일이 고개를 푹 숙였다.

"알겠습니다."

"좋아. 그럼 안내 하거라."

남동일은 공수의 자세를 취해 인사를 한 후 몸을 돌렸다.

그가 걸어가자 천검이 바로 그의 뒤를 따랐고, 천외비문의 비문전인이 열을 이루어 쫓았다.

멀뚱히 서 있던 검호당은 천외비문이 사라지고 나서야 걸음을 옮겼다.

주인과 손님이 바뀐 것 같기에 모욕감을 느꼈지만, 하지광의 한 마디 말이 그들의 들끓는 심정을 안정시켜 주었다.

"강호무림의 역사는 승자의 것이다. 잊지 마라."

그렇다.

우선은 이겨야 한다.

오늘의 모욕은 그 후에 다시 따져볼 일이었다.

†

남동일이라는 안내인은 친절하고 성실했다.

천검이 뒤를 봐주겠다고 약속했기 때문일까?

그는 뒤따르는 이들이 조금의 불편함을 느끼지 못할 만큼 편안하게 안내해 주었다.

드문드문 배치된 기관장치는 서둘러 해체했고, 혹여 눈치 채지 못할 만큼 은밀하게 암기가 배치된 곳에 이르면, 자신의 모자람을 강조하며 천검을 위시로 한 천외비문의 수뇌인사들에게 도움을 요청했다.

때문에 천외비문과 검호당은 단 한 명의 낙오 없이 청지의 입구에 도달할 수 있었다.

"놀랍군."

천검은 자신의 시야 속에 들어오는 청지의 풍경을 둘러보며 그렇게 속삭였다.

이렇게 쉽게 들어올 수 있을 것이라고 여기지는 않았다.

최소한 통로의 중턱에 이르렀을 때, 싸움이 시작되리라고 여겼다.

도합 사백이 넘는 인원이 움직이는데 상대방이 눈치채지 못한다면, 그게 이상했다.

더구나 그 상대란 바로 검성 하지후였다.

기적같은 일이다.

아니면, 기적을 빙자한 모략이겠지.

하지만 모략같지는 않았다.

청지의 건물들마다 느껴지는 기적은 안온했다.

적에 대한 방비라던가, 대비한 흔적이 느껴지지 않았다.

고른 호흡소리는 분명 대부분이 숙면을 취하고 있음을 알려주고 있었다.

천검의 시선이 남동일을 향했다.

"대단하구나."

남동일은 빙긋 웃으며 말했다.

"저는 시키는 대로 했을 뿐입니다."

"아느냐? 바로 네가 검성 하지후를 죽인 게야."

남동일은 어찌 대꾸해야 할지 모르겠는지, 그저 어색한 표정만 지을 뿐이었다.

천검이 휙 고개를 돌려 청지를 바라보며 말했다.

"이제부터 지켜보거라. 네가 어찌 하지후를 죽인 것인지를."

그러며 검을 뽑아들더니, 청지를 향해 달려 나갈 준비를 했다.

그때였다.

철컹. 철컹. 철컹. 철컹.

등 뒤에서 들리는 소리에 모두의 시선이 뒤로 향했다.

그들이 지나온 통로의 입구가 사라져 버렸다.

대신 두께가 얼마나 될까 짐작하기 힘든 정도의 철문이 그 자리를 대신했다.

으르르르르르르르르르르릉.

당황하는 천외비문과 검호당의 귀에 우레와 같은 굉음이 몰려들었다.

동시에 지진이라도 난 듯이 바닥이 흔들리며, 수십 개에 이르는 청지의 건물이 바닥 속으로 내려갔다.

잠시 사이, 청지의 건물은 모두 사라졌다.

시야를 가로막는 게 아무것도 없다.

아니, 멀리 중심부 쪽에 측간이라고 짐작되는 자그마한 목조건물 하나만이 남아있을 뿐이었다.

대체 이게 어떻게 된 걸까?

그때였다.

"저는 시키는 대로 할 뿐입니다."

천검의 고개가 목소리가 들린 방향으로 돌아갔다.

그곳에 남동일이 있었다.

그는 여전히 순박한 미소를 짓고 있었다.

하지만 조금 전과는 달리, 그 미소가 가증스럽기 그지없었다.

"네 놈이 배신을!"

쉬익!

류검 천류인의 검이 검집에서 뽑혀나와 남동일을 향해 날았다.

그 순간 남동일의 모습이 흩어지더니, 이내 사라져 버렸다.

천검만은 그의 기척을 느꼈는지, 공중으로 시선을 돌리고 무릎을 굽혔다.

하지만 그의 무릎은 펴지지 않았다.

대신 공중을 향했던 그의 고개가 천천히 돌아갔고, 공터가 되어버린 바닥의 중앙부에 있는 측간처럼 좁고 작은 건물을 향했다.

그의 눈매가 부들부들 떨린다.

"뭐, 뭐냐?"

삐그덕.

소리를 내며 건물의 문이 열렸다.

어둠만이 담겨 있는 건물의 안, 두 개의 눈동자가 모습을 드러낸다.

검성 하지후.

바로 그였다.

휘익!

공중에서 검 하나가 내려와 건물의 앞에 꽂혔다.

남동일과 함께 사라졌던 천류인의 검이었다.

사방에서 목소리가 울린다.

"네가 시킨 대로 했다. 되었느냐?"

건물의 안에서 검성 하지후의 목소리가 흘러나왔다.

"시킨 것보다 더 잘해주셨소이다."

목소리가 울린다.

"이제는 내가 시킨 것을 네가 할 차례이다."

스르르.

어둠 속에서 팔이 튀어 나와 앞에 꽂힌 천류인의 검을 향했고, 손잡이를 불끈 움켜쥐었다.

"시키는 대로 하지요."

第百七章.

우리의 시대는 그랬다

第百七章.
우리의 시대는 그랬다

잠자리가 바뀌면 잠이 잘 오질 않는다.

더구나 하루 일과 중 심란한 일이 있을 때는 더욱 그렇다.

잠자리가 불편한 대다가 심란한 일이 많기까지 했던 탓에 하소인은 잠을 이룰 수가 없었다.

젊어진 검성 하지후.

청지의 부활.

남동일의 등장.

그리고 어쩌면 남동일, 아니 남장후의 최종목적이 자신의 죽음을 통한 세상의 정화인지도 모른다는 짐작.

반나절 만에 그녀의 눈앞에서 벌어진 여러 가지 사건이

꼬리에 꼬리를 물고 계속 튀어나와 머리를 어지럽히니, 도무지 잠에 들 수가 없었다.

그렇다고 머릿속에 가득 떠오르는 질문에 대한 명쾌한 답을 찾을 수 있는 게 아니었다.

그러니 답답하기만 할 뿐이었다.

'차라리 빨리 아침이 밝기나 했으면 좋겠네.'

이곳 청지는 진무하가의 지하에 위치한 탓에 해가 떴다고 해도 햇살이 들지는 않는다.

그저 정해진 수면시간이 지나면, 모두가 다시 일과를 시작하기 위해 일어날 것이다.

'얼마나 남은 거야?'

그때였다.

크르르르르르르르르릉.

하소인은 깜짝 놀라 침대에서 벌떡 일어났다.

"어? 벌써 아침이 된 거야?"

그런 것 같지는 않았다.

갑자기 그녀가 머무는 참호루가 무너질 듯이 삐걱거린다.

잠든 사람을 깨운답시고, 건물까지 흔들어댈 리는 없겠지.

그럼 대체 뭘까?

하소인은 뭔가 심상치 않음을 상황이 벌어진 것이라 여기고, 당장 방 바깥으로 뛰쳐나와 난간을 집고 일층으로 훌쩍 몸을 날렸다.

그녀가 일층의 바닥에 두 발을 닿는 순간, 거의 동시에 일층의 내실 중 한곳의 문이 열리며 한 사내가 대문 쪽으로 달려갔다.

곽우였다.

과거 속가제일의 무인이라 불렸으나 수년 전 오륜마교의 분쟁 중에 죽었다고 알았던 사내.

그의 주거실이 참호루의 일층에 마련되어 있던 모양이었다.

헌데 곽우는 대문을 여는 게 아니라 곰처럼 커다란 몸으로 가로막았고, 하소인은 어쩔 수 없이 멈춰 세웠다.

"무슨 일입니까?"

하소인이 묻는 말에 곽우는 대꾸치 않았다. 대신 대문 양옆에 숨겨져 있던 막대기를 힘껏 내리 눌렀다.

<u>크르르르르르르르르르르릉.</u>

괴음이 더욱 커지며 참호루의 기둥과 지붕이 당장이라도 부서질 것처럼 삐걱거렸고, 틈새에 쌓여있던 먼지가 풀풀 피어올랐다.

하지만 곽우는 이제야 안심이 된다는 듯 어깨에 힘을 풀고 하소인에게로 돌아섰다.

하소인이 그런 곽우를 노려보며 물었다.

"저 바깥에 제가 알면 안 될 일이라도 있는 겁니까?"

곽우는 고개를 저었다.

"아닙니다. 다만……."

그러며 입을 지그시 다문다.

하소인이 바로 차가운 목소리로 물었다.

"다만 뭡니까?"

다물렸던 곽우의 입이 벌어지며 짙은 한숨을 내뱉었다.

"하아아. 다만, 듣고 나시면 듣지 말아야 했다고 후회하실 겁니다."

하소인의 입매가 비틀렸다.

"그럼 나가서 직접 볼까요?"

"나서셔도 볼 수 없을 겁니다."

이건 또 무슨 소리인가?

하소인은 몸을 비틀어 곽우의 옆구리 사이를 스치고 지나쳐 대문 앞에 섰다.

획!

하소인의 두 손이 거칠게 대문을 열어젖힌다.

그리고 곽우가 잡기 전에 바로 열린 문으로 뛰쳐나가려 발을 내딛었다.

하지만 그녀는 내딛었던 발을 스스로 돌리고 말했다.

앞이 돌벽에 의해 막혀 있기 때문이었다.

대문 앞을 막은 돌벽은 머물지 않고 위로 올라가고 있었다.

벽이 위로 올라갈 수는 없으니, 지금 이 참호루가 지하 속으로 내려가고 있다고 봐야 했다.

하소인은 천천히 몸을 돌렸다. 그리고 가만히 그녀를 지켜보고만 있는 곽우를 매섭게 쏘아보았다.

하소인이 말했다.

"말해 봐요."

"들으면 후회하실 겁니다."

"지금 말하지 않으면 당신이 후회하게 될 겁니다."

그러며 하소인은 허리띠의 형태를 한 비익연검의 손잡이에 손을 올렸다.

곽우는 하소인의 자세와 표정에서 진심이라는 걸 느꼈는지, 어쩔 수 없다는 듯이 어깨를 축 늘어트리며 말했다.

"지금 모든 청지의 건물은 지하로 내려가고 있습니다."

"왜죠?"

"욕심 많은 물고기 떼가 날뛰러 왔으니, 우리는 밑에 잠기려는 것이지요."

"물고기떼?"

하소인은 그 말의 의미를 바로 짐작해내고 외쳐 물었다.

"천외비문이 청지로 쳐들어왔다는 말씀이신가요?"

곽우가 고개를 끄덕였다. 그리고 바로 뒤이어 고개를 저었다.

천마재생

하소인이 눈살을 좁혔다.

"옳다는 건가요, 아니면 틀리다는 건가요? 그도 아니면 나와 싸우자는 건가요?"

"절반만 옳다는 뜻입니다. 천외비문과 함께 검호당도 와 있을 겁니다."

하소인이 움찔했다.

"검호당…… 결국 하연철 백부님께서……."

곽우가 말했다.

"대장로께서도 계실 겁니다."

하소인의 눈이 찢어질 듯 벌어졌다.

"대장로……님? 그러니까 하지광 대장로님이요?"

곽우는 고개를 끄덕였다.

하소인이 거의 울부짖듯 외쳤다.

"말도 안 돼요! 대장로님이 왜요! 그럴 리가 없어요!"

태상가주 검성 하지후가 태양이라면, 대장로 하지광은 숲이다.

태양은 없어서는 안 되지만, 너무나 멀고 어려운 존재이다. 이따금 가혹하기도 하다.

때문에 숲이 필요하다.

따가운 햇살을 막아주고 쉴 그늘이 되어주는 숲, 그것이 바로 하지광이었다.

하지광은 인자하고, 공평하며, 섬세했다.

그는 이 답답하고 완고한 진무하가의 숨통 같은 사람이었다.

하소인이 도무지 믿을 수 없어, 아니, 믿기가 싫어 애원하듯 물었다.

"그분께서 왜? 대장로님께서 왜? 그럴 리가 없잖아요."

곽우가 처연한 표정으로 말했다.

"제가 들으면 후회하실 거라 하지 않았습니까."

하소인이 이를 악 물었다.

"후회할 정도는 아닙니다. 그렇군요. 대원로께서 그러셨군요. 그럼 왜 우리는 지하로 더 내려가고 있는 건가요? 상대의 급습을 피하고 전열을 형성하기 위해서인가요?"

곽우가 고개를 저었다.

"아닙니다. 우리는 싸우지 않습니다. 하루 동안 우리는 이 밑바닥에 머물 뿐입니다."

"그러면 천외비문과 검호당은 대체 누가……."

말을 하다 말고 하소인이 입을 쩍 벌렸다. 갑자기 떠오른 생각을 바로 꺼냈다.

"태상가주께서?"

곽우가 고개를 끄덕였다.

"옳습니다. 태상가주께서 정리하실 겁니다."

"설마 혼자요?"

"네. 그 분 홀로 정리하실 겁니다."

천마재생

"올라가야 해요! 아무리 태상가주라고 하셔도 홀로 그 모든 적을 상대할 수는 없어요!"

"아가씨. 우리가 이곳에서 무엇을 하고 있었을 것 같습니까? 대원로와 검호당과의 전쟁이요? 아니면, 천외비문과의 전쟁준비요? 그도 아니면 수라천마를 대항한 전력을 이루려고 했을까요? 아닙니다. 우리가 준비한 일은 내일 이 시간 쯤, 진무하가로 올라가는 것뿐이었습니다. 그리고 역모의 무리가 빠져나간 빈틈을 우리가 메우고, 정화된 진무하가를 이끌어 가는 것뿐입니다. 애초부터 우리에게 전쟁은 없었습니다."

"그러면요. 애초부터 태상가주께서 홀로, 그 모든 적을 상대하기로 하셨단 말인가요?"

곽우는 무겁게 고개를 끄덕였다.

"태상가주께서는 이리 말씀하셨습니다. '그것이 바로 검을 쥔 자가 할 일이다. 너희는 미래를 쥐면 된다.' 라고요."

하소인이 외쳤다.

"아무리 태상가주라고 하셔도 그럴 수는 없어요!"

곽우가 고개를 끄덕였다.

"네. 저 위, 청지에는 총 이십 개의 천양화(天陽華)가 매설되어 있습니다."

"처, 천양화가?"

천양화는 진무하가에서 발명한 화탄이었다. 폭발력만은 세상의 어떤 화탄과 비교해도 떨어지지 않으리라 자부할 만큼 위력적이었다.

다만 안정성이 떨어져 십여 개의 안전장치가 필요로 했는데, 그렇기 때문에 천양화를 터트리기 위해서는 사람 하나가 꼭 붙어서 거의 터지기 직전까지 조작을 해야 한다는 문제점이 있었다.

그러니까 천양화를 터트린다면 천외비문과 검호당을 몰살시킬 수 있겠지만, 더불어 검성 하지후 역시 죽는다고 봐야 했다.

처음부터 검성 하지후는 오늘 죽을 생각이었다는 것이다.

대체 왜?

곽우가 말했다.

"세상은 오늘 일을 이리 기억할 것입니다. 천외비문의 암습에 맞서 태상가주님과 대원로, 그리고 검호당이 싸우다가 같이 죽었다고 말입니다. 그분들의 숭고한 희생을 진무하가의 식솔과 우리는 기억할 것이고, 칭송할 것입니다. 그로써 우리 진무하가는 진무하가일 수 있을 겁니다."

하소인이 그제야 알겠다는 듯 고개를 끄덕였다. 그리고 이를 빠드득 갈았다.

"그렇군요. 그 대단한 진무하가라는 네 글자 때문에 그러시는 거군요. 그게 뭐라고요. 그게 뭐 그렇게 대단하다고요!"

"태상가주께서는 당신께서 죽어야 만이 우리 진무하가가 과거 청지로써 수라천마의 주구노릇을 했던 오욕의 역사까지 모조리 거두어낼 수 있다 하셨습니다. 그래야만이 진무하가는 맑아질 수 있다고 하셨습니다. 이 진무하가라는 우물에 가장 먼저 끄집어 내어야할 물고기는 바로 자신이라고 하셨습니다. 그럼으로써 너희 시대에는 맑은 우물만을 넘겨주겠다고 하시……."

"그만! 그만하세요! 태상가주께서 더럽다니요! 가장 먼저 끄집어 내야할 물고기라니요! 그분이 바로 진무하가 아닙니까! 그분이 있었기에 우리가 있었던 것 아닙니까! 말리셨어야지요. 그 분께서 죽음을 결심하지 않도록 붙들었어야지요!"

"누가 그 분을 말릴 수 있겠습니까."

하소인은 서 있을 힘이 없는지 무릎을 굽혀 주저앉았다.

곽우가 그녀를 내려 보며 한숨을 내쉬었다.

"듣고 나시면 후회한다지 않았습니까?"

멍하니 땅바닥만을 바라보고 있던 하소인이 갑자기 시를 읊듯이 속삭였다.

"검의 날은 두 개. 하나는 적을 향하고 다른 하나는 나를 향한다."

곽우는 지금 하소인이 속삭이는 말이 무엇인지 바로 알 수 있었다.

진무하가의 어린 가솔이 진검을 쥘 시기가 오면, 대연회 장에 모아놓고 검성 하지후가 직접 훈언(訓言)을 하는 의 례를 치른다.

그때, 검성 하지후가 하는 말은 언제나 같았다.

그렇기에 진무하가의 가솔들은 검성 하지후가 의례를 귀찮게 여겨서 미리 외워둔 말을 그대로 낭독할 뿐이라고 여겼다.

하지만 나이가 들면 깨닫게 된다.

진검의례 당시 검성 하지후가 해준 훈언이 얼마나 가혹 하고 가슴 아픈 다짐이었는지를……

†

검의 날은 두 개.

하나는 적을 향하고, 다른 하나는 나를 향한다.

그러니 적을 베고자 뻗을 때, 나 역시 베일 것을 각오하 여야 한다.

적이 베일 때, 나 역시 베임을 알아야 한다.

적이 죽을 때, 나 또한 죽음을 느껴야 한다.

검을 쥔다는 건 그런 것이다.

그러니 검을 쥐기 전 물어라.

적은 베일 만한가?

적을 베기 위해 나 역시 베여도 된다는 각오가 되었는가?

적을 죽여도 되는가?

적을 죽이기 위해 나 또한 죽을 결심을 했는가?

그러한 각오와 결심이 되었다면 검을 쥐어도 좋다.

그리고 뽑아라.

그 의지는 대의를 품었다면, 나의 검은 한 치의 미혹도 없을 것이니, 양날의 검은 나의 의지를 따를 것이니라.

검이란 무구는 그렇듯 가혹하다.

검을 쥔 자는 그처럼 무거운 짐을 지는 것이다.

검을 쥔 자는 그 무게를 견뎌야 한다.

그리고 이겨내야 한다.

검은 가혹하지만, 검을 쥔 자의 의지는 성스러워야 한다.

하지후가 진검을 처음 쥔 아이들에게 꼭 하는 말이다.

그건 아이들을 위한 훈계가 아닌, 그 자신의 인생을 복기하는 의식이기도 했다.

하지후는 자신의 손이 쥔, 천류인의 검을 가만히 바라보았다.

'나쁘지 않은 검이야.'

보검이라는 소리가 절로 나올 만큼 좋았다.

검이 좋고 나쁨을 따질 수준은 소싯적에 넘었지만, 그래도 좋은 검을 쥐었을 때의 기분이란 언제나 기쁘다.

따사로운 햇살이 볼을 간질이는 듯한 기분이랄까?

'그래, 그렇지. 오랜 만이구나, 이 기분.'

하지후는 검을 향해 묻고자 했다.

검이 나이기에 묻고자 했다.

'나는 지금 검을 쥘 자격이 있는가?'

검이 답이 아닌 질문을 한다.

내가 답을 아닌 질문을 한다.

'너의 의지는 성스러운가?'

나는 답한다.

검이 답한다.

검과 내가 함께 외친다.

'나의 의지는 한결같도다!'

하지후는 검이 되었고, 검은 하지후가 되었다.

그렇기에 하지후는 일어섰고, 검은 바닥에서 뽑혀 나왔다.

"자, 이제 휘둘러보자. 우리의 죽음을!"

가혹한 검을 쥔 성스러운 자.

하지후는 그렇게 실로 오랜 만에 검성(劍聖)이 되었다.

그리고 달려 나갔다.

검성을 맞이하기 위해 무기를 뽑아들고 서 있는 적들을
향해!

†

검호당의 모든 무인은 침을 꿀꺽 삼켰다.

측간일까 의심될 정도로 작은 건물 안에 앉아있던 검성
하지후가 하늘에서 뚝 떨어져 그 앞에 꽂힌 천류인의 검을
쥔다.

무섭다.

두렵다.

당장 등을 돌려 도망치고 싶다.

검호당의 무인 모두는 역모를 선택했다. 그렇기에 이 선
택의 끝에는 바로 지금과 같이 검성 하지후가 자신들을 향
해 검을 쥐는 광경을 보게 될 것임을 예상했다.

그리고 단단히 마음을 먹었다.

한 번 걸어간 길을 돌릴 수는 없었다.

그러니, 검성 하지후라는 벽을 어떻게든 넘어서 영광된
미래를 차지하고 말리라고, 결심에 결심을 거듭했다.

하지만 상상과 현실은 다르다.

검을 쥔 검성 하지후를 마주하니, 그들은 뇌리에는 후회라는 바다가 밀려들었다.

하지후가 검을 쥐고 있다.

울타리였으며, 기둥이었으며, 지붕이었으며, 바닥이었던 검성 하지후가 그들에게 검을 겨누고 있다.

각오했지만 견디기 힘들었다.

세상이 일시에 무너지는 기분이었다.

그들의 심정을 읽었는지, 하지광이 외쳤다.

"알지 않느냐? 물러날 곳은 없다! 우리는 나아가야 한다! 이 모든 행사는 진무하가를 위함이야!"

그렇다.

여기까지 온 이상 물러날 곳은 없다.

알지 않는가?

이 모든 건 진무하가를 위한 싸움이다.

진무하가이기 위해 꼭 넘어야할 난관이다.

오직 저 하지후를 뚫고 나아가야하는 길만이 남았을 뿐이다.

검호당 무인들의 이가 악 물리고, 눈빛은 매서워졌다.

그때였다.

검을 쥔 팔만을 드러낸 채, 아직 측간 정도의 자그마한 건물 안에 앉은 탓에 어둠에 가려져 있던 하지후가 모습을 드러냈다.

천마재생

휘이이이이이이익!

다가온다.

하지후의 뜀박질은 빠르지 않았다.

그렇다고 느리다고 할 정도는 아니었다.

다만 하지후라는 거물답지 않게 어설퍼 보였다. 그리고 힘겨워 보였다.

하지후는 검의 신화였다.

전설이었다.

그는 검으로써 무림사상 열손가락 안에 드는 검객이라 일컬어졌다.

한때 정파무림 그 자체였다.

나이가 들어 그 지위와 명성을 협왕 위수한에게 내어주고 일선에서 물러났지만, 아직 그의 실력은 검성이라는 칭호에 걸맞은 수준을 유지하고 있으리라 믿었다.

하지만 아니었나 보다.

검호당의 무인들은 검성 하지후가 예전의 그와 같지 않음에 기뻐하면서도 슬퍼했다.

이제 그들에게 하지후란 어떻게든 베어 넘겨야할 상대가 되었지만, 우상의 쇄락이란 슬픈 일이다.

그때, 천외비문 쪽에서 누군가 속삭이듯 말했다.

"정검. 내 검을 되찾아오너라."

비문오검 중 류검 천류인이라는 자였다.

지금 하지후가 쥐고 있는 검은 바로 그의 것이었고, 그 걸 되찾으려는 걸까?

아니었다.

검호당 무인들의 태도를 통해 그들의 결심이 확고하지 않음을 엿보았기에, 그들이 돌아설 곳이 없음을 알리기 위해 먼저 싸움을 시작하려는 것이었다.

쉬이이이익!

비문오검 중 정검 천오정을 포함한 열 명이 검성 하지후를 향해 마주 달려 나갔다.

그들 중 정검 천오정의 몸놀림은 단연 돋보였다.

검객이라면 응당 이래야 한다는 듯한 정돈된 몸놀림으로 달려가 어느새 하지후의 앞에 이르렀다.

정검 천오정의 검이 뽑혀 나온다.

아니, 뽑혀 나온다기보다 빛살이 되었다고 해야 했다.

지독한 쾌검!

하지후는 당장에 빛살이 된 천오정의 검에 꿰뚫려 산산조각이 날 것 같았다.

그 순간 하지후가 오른손으로 쥔 검을 휘둘렀다.

가볍고, 부드럽다.

속도는 느리고, 동작은 단순했다.

하지만 그의 검은 당연하다는 듯 빛살을 가르며 정검 천오정의 목으로 나아갔다.

천마재생

검의 궤적은 누구라도 피할 수 있을 정도로 느렸고 단순했기에, 당연히 천오정이 피해낼 줄 알았다.

하지만 어찌된 일인지, 천오정은 자신의 목을 향해 다가오는 하지후의 검을 바라보고만 있었다.

스윽.

천오정의 목이 두부처럼 잘려 나갔다.

하지후의 검은 계속 뻗어나가, 이어 도착한 아홉 명의 비문전인을 향했다.

비문전인들은 당연히 마주 검을 휘둘렀다.

그들의 검격은 날카로웠고 빠르며 거침없었다.

개개는 정검 천오정 만은 못하지만, 아홉 개의 검은 공격과 방어의 초식을 나누어 취함으로써 하나가 되는 합격(合擊)의 형을 이루었기에, 오히려 천오정이 발했던 쾌검보다 나았다.

그럼에도 하지후의 검은 아홉 개의 검 사이를 가볍게 가르고 지나갔다.

물결을 가르는 잉어처럼 자연스러웠다.

바람을 타고 오르는 매처럼 날렵했다.

아니, 춤 같았다.

그래, 춤이었다.

하지후와 그가 쥔 검은 검무(劍舞)를 추고 있었다.

그를 노리는 아홉 개의 검은 장단이며 곡조일 뿐이었다.

오히려 춤사위를 흥겹게 도울 뿐, 방해물이 되지 못했다.

하지후의 검무는 아홉 명의 비문전인이 핏줄기를 뿜어낼 때 절정에 이르렀다가, 그들이 쓰러지자 멈췄다.

그건 너무도 아름답지만 무서운 춤이었다.

역시 검성 하지후!

나이가 들었지만, 아직 그의 검은 매섭다.

그렇다 하여도 그 뿐이었다.

하지후의 검무에는 내력의 흐름이 느껴지지 않았다.

그러니 한때 극에 이르렀던 하지후라는 검객의 기억과 경험이 만들어낸 기적이라고 여겨질 뿐이었다.

하지만 하지광에게 만은 달리 보였나보다.

아니, 하지후와 가장 가까웠던, 동년배였기에 생사고락을 같이했던 하지광이기에 그만이 느낄 수 있는 것이 있는 모양이었다.

하지후가 믿을 수 없다는 듯 입을 쩍 벌리며 외쳤다.

"신검합일(神劍合一)!"

신검합일(身劍合一)이 아닌 신검합일(神劍合一)?

처음 듣는 말이었다.

신검합일(身劍合一)은 몸[身]과 검[劍]이 하나가 된다는 뜻이다.

검객에게 검이란 그저 도구가 아니다.

분신(分身)이다.

또 다른 나이다.

고작 쇠붙이 따위가 어떻게 분신일 수 있을까 하지만, 그렇게 된다.

검을 사용하는 방법을 배우다보면, 어느 날 검이 말을 걸어온다.

아니, 반대로 검에게 말을 건다고 할까?

그렇게 검에게 말하고 들으며, 묵언의 대화를 나누다보면, 자연히 검은 쇠붙이가 아닌 동료나 친구가 된다.

그 대화의 나날을 즐기다 보면, 결국엔 검은 결국 내가 된다.

검과 내가 다르지 않으니, 검을 쥐고 휘두름에 거침이 없다.

마음이 닿는 곳에 이미 검이 위치해 있다.

그것이 바로 신검합일(身劍合一).

검으로써 절정의 경지에 이른 검객이라면 누구라도 겪게 되는 과정이다.

허면 신검합일(神劍合一)은 무엇이란 말인가?

하지광이 떨리는 목소리로 속삭였다.

"검(劍)은 신(神)의 것이요, 신(神)은 검(劍)의 것이라. 그로써 신검(神劍)은 검신(劍神)이요, 검신(劍神)은 신검(神劍)이 되노라."

무슨 뜻일까?

그저 도사의 주술 같은 의미를 알 수 없는 말이었다.

하지광이 속삭였다.

"검신지경(劍神之境). 결국 이루어냈단 말이오?"

검호당의 무인들의 눈이 번쩍 뜨였다.

"검신?"

"검신지경?"

무인들이 막연히 상상한 무도의 끝은 신화(神化), 즉 사람이 곧 신이 되는 경지이다.

신화경이란 세 명의 천마가 나타나기 전까지는 그저 상상 속의 영역에 불과했다.

상상은 나래를 펼쳐, 누군가가 신화에 이르는 몇 가지 방법까지 고안해냈고 그건 마치 기정된 사실처럼 퍼져 나갔다.

그 중 하나가 바로 검신지경이었다.

입신의 경지에 이른 절대고수가 신검(神劍)이라는 도구를 통해, 일순간이나마 신화의 경지에 이르는 힘을 구사할 수 있다는 것이다.

말도 안 되는 소리이다.

고작 신검이라는 도구 하나를 얻었다고 하여 그것의 도움으로 신화할 수 있다니.

그게 사실이라면 신검이란 육대지보를 능가하는 보물일 것이다.

그러자, 누군가 말했다.

신검은 도구가 아닌 일종의 의식(儀式)이라고.

또 누군가는 이리 말했다.

신검은 의식이 아닌, 저주라고.

그렇게 신검이라는 것에 대한 의견이 계속 쌓였고, 결국 검신지경이란 역시 존재하지 않는 상상의 산물이라고 치부되었다.

그런데 검신지경이라니.

하지광의 말대로라면 하지후가 그 경지에 이르렀다는 듯하지 않은가.

믿을 수 없었다.

하지광이 뭔가 착각을 했을 것이다.

그렇지 않은가?

저리 볼품없이 뛰어오는 하지후가 어찌 신일 수 있을까?

어찌 수라천마 장후와 비견되는 존재일 수 있을까?

"말도 안 되는 소리!"

어디선가 우렁찬 외침이 터져 나왔다.

천외비문의 비문전인들 쪽이었다.

그들 중 선두에 선 사내, 천검이 바로 그 외침의 주인이었다.

천검의 얼굴은 잔뜩 일그러져 있었다.

"검신(劍神)은 없다. 검은 사람의 것. 신은 검을 들지 않는다! 신은 그저 신이고, 검은 그저 검일 뿐이니, 고로 검신이란 그저 허무맹랑한 전설에 불과해!"

그러며 확인시켜 주겠다는 듯 검을 뽑아들었다.

아니, 검이 스스로 검집에서 튀어 나왔다.

절정이상의 경지에 이른 고수들이라면 어렵게나마 사용할 수 있는 내가기법인 허공섭물(虛空攝物)일까?

아니었다.

그와 그의 검 사이엔 그 어떠한 내공의 흐름이 느껴지지 않았다.

이기어검(以氣御劍)이라는 거다.

내공이 아닌, 그저 의지로써 검을 다스리는 초능.

검객이 꿈꾸는 궁극의 경지이다.

천검이 입신의 경지에 이른 절대고수라는 의미이기도 했다.

천검은 눈으로 달려오고 있는 하지후를 가리켰다.

그러자 검이 빛살이 되어 하지후를 향해 날았다.

이기어검은 다시 세 가지 단계로 나뉘니, 첫 번째 단계를 수어검(手馭劍), 두 번째 단계를 목어검(目馭劍), 마지막 단계를 심어검(心馭劍)이라고 한다.

수어검은 손짓으로 검을 다룬다고 하여 그렇게 명명되었고, 목어검은 눈빛만으로 검을 여의할 수 있다고 하여 그랬다.

천마재생

그리고 결국에는 그저 마음만으로 검을 부릴 수 있으니, 진정한 이기어검은 심어검의 단계라 할 수 있었다.

지금 천검이 보이는 모습은 목어검의 단계.

그렇다고 하여도 현 세상의 검객 중에서 세 손가락 안에 들 만한 경지일 것이다.

그의 검은 당장 하지후의 머리를 뚫어버릴 듯했다.

아니, 관통한 것으로 보였다.

하지만 다음 순간, 천검의 검은 하지후의 왼손에 들려 있었다.

어떻게 된 것일까?

"푸흡!"

천검의 입에서 핏물이 튀어 나왔다.

이기어검이란 검과 자신이 심령으로 연결되었을 때 가능한 능력.

하지후의 손이 그의 검을 낚아채는 순간, 천검과 그의 검을 연결한 심령이 끊어져버려 내상을 입은 것이었다.

천검의 낯빛이 새하얘졌다가, 바로 본래의 색으로 돌아왔다.

입신에 이른 그였기에 내상을 단숨에 수복할 수 있었던 모양이었다.

하지만 표정만은 못 볼 것을 보았다는 것처럼 놀라움과 의문으로 가득 차 있었다.

멀리 보이는 하지후를 보며 속삭였다.

"그럴 리 없어. 검신지경은 그저 허무맹랑한 전설일 뿐이야. 신화일 뿐이라고."

그 말을 들었는지, 하지후가 굳게 다물려 있던 입을 벌렸다.

"몰랐느냐? 내가 전설이고 내가 신화이다."

그의 입매가 차가운 미소를 그린다.

"하기야 모르겠지. 너희는 우리의 시대를 외면했으니까. 우리의 시대에 전설과 신화란 일상이었다. 우리의 시대는 그랬다. 그래야 살아남을 수 있었다. 그렇게 우린 모두가 전설이고, 신화가 되었다. 너희의 선조가 그랬듯이 말이야."

그러며 잠시 멈췄던 걸음을 다시 내딛는다.

"이제부터 겪어 보아라. 우리가 보냈던 일상을."

第百八章.

그저 검이었다

第百八章.

그저 검이었다

전설과 신화의 시대.

그렇다.

집마맹이 세상을 장악했던 시대.

그 당시는 그렇게 말할 수밖에 없었다.

아니, 정확히 말하면 수라천마 장후가 나타난 순간부터 그렇다라고 해야 하겠지.

집마맹의 등장은 악몽이었다.

정체를 알 수 없는 일단의 무리가 나타났을 때, 그들을 주목한 이들은 아무도 없었다.

하지만 그들은 생쥐처럼 순식간에 번식했고, 결국 몇 년 만에 무림의 반을 장악해 버렸다.

그들이 자리를 잡기 전에 뿌리를 뽑았어야 했었다.

그랬다면 그토록 비참한 과거를 겪지 않아도 되었을 텐데……

시기를 놓친 당시의 무림인들은 아무것도 할 수 없었다.

세상을 나누어 차지하고 있던 마도와 사도, 그리고 정도의 문파들은 이미 집마맹의 상대가 될 수 없었다.

가진 모든 것을 빼앗겨야 했다.

노예처럼 끌려 다녀야만 했다.

빌고 애걸해야 했다.

피하고 숨어서 벌벌 떨어야만 했다.

결국 당시 최후까지 집마맹에 맞서 싸웠던 마도의 문파는 대부분 멸절되었고, 사도의 문파들은 당시 사도제일인이었던 만악제의 뜻에 따라 지하로 숨었으며, 정파무림은 흩어져 버렸다.

그렇게 지옥이라고 불릴만한 집마맹의 시대는 열렸고, 영원히 계속 될 듯했다.

하지후는 그런 시대에 태어났고, 자랐다.

그랬기에 그는 싸우기보다는 피하라고 배웠고, 피하기보다는 숨으라고 훈련 받았다.

그에게 정파무림의 마지막 희망이라고 불리는 진무하가의 후계자로서의 자부심 따위는 없었다.

언제 집마맹의 마인에게 잡혀 죽을지 모른다는 불안과

공포의 그림자가 하지후가 태어났을 때부터 달려 있었다.

차라리 집마맹에게 복종하는 게 낫지 않을까?

그들의 개가 되어, 내어주는 먹이만을 받아먹으며 발바닥을 핥으면 그래도 살아갈 수는 있지 않을까?

젊었던 하지후는 차마 말은 못했지만, 그런 생각을 지울 수가 없었다.

집마맹의 시대는 계속 될 테니까.

진무하가가 생존할 방법은 그 길 밖에 없을 듯했다.

가문의 어른들 역시 말하지는 않았지만, 그러한 쪽으로 마음이 옮겨가는 눈치였다.

누가 먼저 입을 열고 말하기만 하면 모두가 그러자고 할 듯했다.

하지만 모두가 입을 굳게 다물며 서로의 눈치만 볼 뿐이었다.

하지후는 그런 가문의 어른들이 비겁하다고 여겼다.

그렇기에 그가 하려고 했다.

진무하가의 소가주인 자신이 바로 이 가문의 해체를 선언하는 것이 옳은 듯했기 때문이었다.

그게 바로 하지후 자신이 이 세상에 태어난 이유인 것만 같기도 했다.

그 즈음, 세상에 한 명의 낭인이 나타났다.

딱 하지후 정도의 연배였던 그 낭인은 홀로 떠돌아다니

며 집마맹을 상대로 싸웠고, 상당한 성과를 보이며 세상을 놀라게 했다.

흑검독랑 장후.

바로 그였다.

대체 왜 그는 그런 무모한 짓을 벌이는 걸까?

듣기로 집마맹의 마인들에 의해 부모와 아내와 아들을 잃었는데, 그 복수를 위해 그런다는 모양이었다.

하지후로써는 이해할 수가 없었다.

아내와 자식을 잃은 게 뭐가 대수라는 걸까?

그 정도는 모두가 당했다.

하지후 역시도 같이 자란 형제와 어머니, 친척을 집마맹의 마인들에게 잃었다.

그게 뭐 어쨌다고 복수까지 한다는 걸까?

당연한 일이지 않은가.

저들은 집마맹이니까.

그리고 관심을 끊었다.

어차피 죽을 녀석이니까.

당장은 놀라운 성과를 이루었지만, 결국 집마맹의 마인들에게 붙잡혀 모진 고문을 당하다가 고깃덩어리로 다져져 개먹이나 될 것이 뻔했다.

하지만 그의 예상과는 달리 흑검독랑 장후는 계속 집마맹과 싸워나갔고, 결국에는 집마맹이 지정한 열 명의 공

적, 집마십적에 이름이 오르게 되었다.

그의 행적은 하지후에게 그저 놀랍고 신기하기만 했다.

그리고 깨닫게 되었다.

집마맹을 피해 도망치는 게 아니라, 싸울 수도 있다는 것을.

집마맹을 이길 수도 있다는 희망을.

하지후는 일어섰다.

거의 동시에 천하각지에 숨어 있던 정파무림의 후기지 수들이 일어섰다.

권황 철리패와 도제 천태명!

그들 역시 같은 것을 보고 같은 감정을 느꼈던 것이다.

하지후와 철리패, 천태명은 운명처럼 뭉쳤고, 집마맹을 향해 각자의 무기를 뽑아들었다.

사파무림도 일어섰다.

만악제가 집마맹과의 전쟁을 선포했고, 그의 휘하 무인 중 가장 뛰어나다는 두 명의 후기지수, 요웅과 십면사괴가 전면에 나섰다.

그렇게 전쟁은 다시 시작되었다.

하지만 그 전쟁의 시발점이었던, 흑검독랑은 어느 순간 모습을 감추고 말았다.

본래 없었던 사람인 듯 흔적조차 남지 않았다.

하지후는 생각했다.

천마재생

아마 그는 죽었으리라고.

일개 낭인이 할 수 있는 한계를 넘었다.

이미 그는 기적에 가까운 행적을 보여주었다.

그 다음은 우리의 몫이다.

그렇게 시간이 흘렀고, 하지후는 계속되는 전투의 나날
이 지겹고 힘겨웠다. 그러다보니 해서는 안 될 실수를 하
고 말았고, 집마맹 마인들에게 잡혀 갇히고 말았다.

감옥 속에서 하지후는 집마맹에게 이용당하지 않기 위
해 죽음을 생각했다.

그때, 그가 나타났다.

흑검독랑 장후.

죽었다고 여겼던 그가, 감옥의 창살 앞에 서서 자신을
바라보고 있었다.

하지후는 그 날을 잊을 수가 없었다.

일개 낭인이었다는 그는 신(神)이 되어 있었다.

장후가 거래를 제안했을 때, 하지후는 받아들일 수밖에
없었다.

장후는 신이었으니까.

그리고 그처럼 되고 싶었으니까.

그렇게 장후를 따랐고, 전쟁을 치렀다.

그 나날을 어찌 말할 수 있을까?

매일이 고비였다.

눈을 떴을 때 절망으로 시작했다가 눈을 감을 때는 기적으로 맺혔다.

수라천마 장후는 언제나 의표를 찌르는 전략과 전술을 구사했고, 집마맹과의 압도적인 전력차를 우습게 만들었다.

그렇게 이겨갔고, 결국 언제나 이기게 되었다.

그러다보니 결국엔 패배를 떠올릴 수도 없게 되었다.

그토록 무섭던 집마맹이 어이없을 정도로 초라해 보일 뿐이었다.

그리고 이겼다.

그리고 그들의 전쟁은 신화와 전설이 되었다.

하지후는 그런 시대를 살았다.

그 치열했던 나날을 이들은 알까?

단 하루라도 견딜 수 있을까?

하지후는 웃음이 났다.

"허허허허허헛."

지나온 일생을 돌이켜 보니, 눈앞에 있는 천외비문이라는 작자들이 우습기만 할 뿐이었다.

이들은 수라천마를 향해 검을 들었지만, 정작 그를 모른다.

그를 알아야 그를 잡을 수 있는데, 그를 알고자 하지도 않았다.

천마재생

'그렇다면 나는?'

하소인을 통해 전해 들었던 이야기가 하지후의 뇌리에 스쳤다.

'그가 나를 엽사라고 했다던가?'

역시 그답다.

'그는 모든 걸 알아.'

하지후가 자신을 노려보고만 있는 천외비문의 무인들과 검호당을 향해 입을 열었다.

"누가 나를 이리 평했다더군. 홀로 호랑이를 잡는 사냥꾼이라고."

모두가 그저 지켜만 볼 뿐이었다. 누가 하지후를 그리 평했는지 그리 궁금해하는 것 같지는 않았다.

하지만 하지후는 계속 말을 이어갔다.

"사냥을 하려면 사냥감을 잘 알아야 하지. 무엇을 좋아하고, 무엇을 하고, 어떻게 사는지. 아주 잘 알아야 해. 그래야 잡을 수 있어. 그럼 어떻게 하면 잘 알 수 있을까? 사냥감처럼 생각하고, 행동하면 돼. 똑같이 말이야. 그게 무슨 뜻인 줄 아느냐?"

하지후가 송곳니를 드러냈다.

하소인이 이 자리에 있어서 지금 그의 표정을 보았다면, 이리 말했을 것이다.

그 분과 똑같아요, 라고……

하지후가 말했다.

"호랑이를 잡는 사냥꾼은 호랑이가 되어야만 한다는 거다."

휘이이잉.

바람 한 점 없는데 그의 옷이 부풀어 오르며 나부끼기 시작했다.

이어 그의 몸이 공중에 떠올랐다.

"이제부터 겪어보아라. 호랑이가 어찌 생각하고 어찌 행동하는지를. 내가 알아낸 것들이다."

휘익.

그의 몸이 사라졌다.

다음 순간, 그는 천외비문 무인들의 대열 사이에서 모습을 드러냈다.

본래 그 자리에 있었다는 듯 자연스러웠다.

스윽.

하지후가 양 손에 쥔 두 개의 검을 둥글게 휘돌린다.

그의 동작은 우아하고, 깨끗했다.

마치 춤을 추는 듯하다.

하지만 그의 동작이 만들어낸 광경은 우아하거나, 깨끗하지 못했다.

일곱 명의 천외비문 무인들이 목이 잘려 나갔고, 단면에서 핏물을 뿜어냈다.

천마재생

핏물이 허공을 수놓는다.

하지만 하지후의 새하얀 옷에는 한 방울의 핏물도 닿지 않았다.

그는 산들바람처럼 핏물 사이를 스치고 나와 천외비문 무인들 사이를 가르고 지나쳤다.

서걱, 서걱, 서걱, 서걱.

천외비문의 무인들이 갈리고 잘려 나간다.

"감히!"

천검이 비명 같은 고함을 지르며 하지후를 향해 몸을 날렸다.

그의 손에는 어느새, 새하얀 검 한 자루가 들려 있었다.

하지후에게 빼앗긴 자신의 검을 대신하려, 죽어버린 수하의 검 중 하나를 낚아챈 것이었다.

거의 동시에 류검 천류인도 몸을 날렸다.

그의 손도 죽은 수하의 것인 새하얀 검 한 자루를 쥐고 있었다.

그들은 눈 한번 깜짝할 사이 하지후의 앞과 뒤에 이르렀다.

쉬이이이이이이이이익!

새하얀 검의 장막이 하지후를 휘감는다.

천검과 류검이 만들어낸 검강의 막이었다.

당장에 강막에 의해 가루가 될 것 같던 하지후가 양 손에 들린 검을 가볍게 휘저었다.

스윽.

새하얀 강막이 거미줄처럼 잘려나간다.

그 순간 빛살이 하지후의 미간을 노리고 튀어 나왔다.

비문오검 중 일인인 장검 천이륜이었다.

이 순간을 노렸다는 듯 그의 쾌검은 너무도 급작스러웠고, 때문에 아무리 하지후라고 하여도 피할 수 없을 듯했다.

하지만 하지후는 쥐고 있던 두 개의 검을 놓더니, 가볍게 뒤로 몸을 휘었다.

맹검은 자신의 검과 함께 하지후의 콧등을 스치며 지나쳤다.

그 순간 천검과 류검이 다시 하지후를 향해 검을 뻗었다.

그때, 하지후가 놓았던 두 개의 검이 스스로 움직여 천검과 류검의 검을 막고 비틀었다.

천검과 류검을 결국 물러날 수밖에 없었고, 몸을 휘돌린 후 땅바닥에 내려섰다.

뒤로 날아갔던 맹검이 공중을 둥글게 돌아 그들의 옆에 내려왔다.

그들의 시선은 같은 방향을 향하고 있었다.

하지후.

그는 공중에 둥둥 떠 있었다.

그리고 그가 놓았던 두 개의 검은 그를 호위라도 하듯

천마재생

그의 주변을 둥글게 맴돌고 있었다.

천검이 하지후를 공격할 때 보였던 검도무학의 극치, 이기어검이 분명했다.

아니, 다르다.

천검이 다룬 건 목어검이었지만, 하지후가 두 개의 검을 다루는 방식은 심어검이었다.

하지후가 모두를 쓸어보며 말했다.

"자, 이제 몸들은 좀 풀렸는가?"

위이이이이이이잉!

죽은 비문전인들 사이에 널려 있는 새하얀 검들이 떠올라, 하지후의 주변으로 모여들었다.

새하얀 검들은 마치 장수의 명령을 기다리는 군병처럼 하지후의 뒤에 일렬로 섰다.

하지후가 빙긋 웃었다.

"자. 그럼 이제부터 전쟁을 벌여보자."

새하얀 검이 원진을 형성하듯 하지후의 주변을 둥글게 감싸더니, 겨냥된 화살처럼 천외비문의 무인과 검호당의 무인을 향해 검끝을 두었다.

하지후가 마침 생각났다는 듯 말했다.

"아, 이건 알아야 돼. 우리가 겪은 전쟁은 너희가 아는 전쟁과는 달라. 좀 더 힘들고, 괴롭고, 슬플 거야. 그리고 결과도 다를 거야. 우리의 전쟁은 언제나 우리의 승리로 끝이 나니까."

†

  침묵이 흐른다.

  천외비문과 검호당의 무인들은 긴장한 채 하지후를 둥글게 감싸고 자신들을 가리키고 있는 이십여 개의 새하얀 검을 가만히 노려만 보았다.

  긴장 속에 시간이 흐르고, 드디어 이십여 개의 새하얀 검이 움직이기 시작했다.

  어떤 것은 쏜살같이 목표를 향해 날았고, 어떤 것은 배회하듯 주변을 맴돌았다.

  그리고 어떤 놈은 다가왔다가 물러나며 간격을 살폈다.

  하나하나가 움직임이 다 달랐다.

  공통점이라면 잠시만 틈을 보이면 당장에 날아와 목을 잘라내겠다는 듯하다는 점뿐이었다.

  검호당과 천외비문의 무인들은 당황스러웠다.

  검 하나하나가 마치 살아있는 것 같아서였다.

  그래, 살아있다.

  하지후는 검에 생명을 불어넣은 것이다.

  그것이 바로 검도무학의 극치인 이기어검, 그 중에서도 마지막 단계라는 심어검의 진정한 공능이었다.

천마재생

새하얀 검은 하지후가 부리는 것이 아닌, 스스로의 의지로 움직이는 것이었다.

다만 검이 그렇게 될 수 있는 건 하지후가 이기어검을 사용하기 위해 검을 끌어 모을 때, 검 하나하나에 자신의 심령을 연결했던 까닭이었다.

그러니 검 하나하나가 바로 하지후였다.

하지후의 과거였고, 현재였다.

어떤 검은 하지후가 막 검을 들었을 무렵의 기억과 경험을 가지고 있으며, 어떤 검은 가장 치열했던 시기의 심정이 담겨 있고, 또 어떤 검에는 지금 이 순간의 실력과 생각을 담고 있었다.

그렇기에 검의 움직임이 다 다를 수밖에 없는 것이다.

그러니까 그들을 공격하려 하는 건 이십여 개의 검이 아니라, 젊고 늙은 이십여 명의 하지후라고 봐야 했다.

쉽게 말해 지금 천외비문과 검호당의 무인이 마주한 이십여 개의 새하얀 검이 아니라, 하지후라는 사내의 역사와 마주한 것이나 다름없었다.

그러한 부분을 이해하는 건 이 자리에 천검과 류검 천류인, 맹점 천이륜, 그리고 진무하가의 대장로인 하지광 정도뿐이었다.

홀로 공중에 떠서 사람들을 내려다보는 하지후가 입을 열었다.

"이십대의 난 빨랐지. 빠른 게 곧 강함이라고 여겼어."

그때였다.

검호당 무인의 주변에 맴돌던 일곱 개의 검이 빛살이 되어 뻗어나갔다.

"으아아아악!"

드디어 비명이 터져 나온다!

검호당의 무인 중 일곱이 핏물을 흘리며 쓰러지고 있었다.

일곱 개의 검은 계속 뻗어나가 검호당 무인들 사이를 질주했다.

"으아아아악!"

"아아아악!"

보다 못한 검호당의 당주 하연철이 검과 함께 몸을 날렸다.

깡깡깡깡깡깡깡!

일곱 번의 쇳소리와 함께 빛살이 되어 검호당 무인들 사이를 질주하던 일곱 개의 검이 튕겨 올랐다.

그 중 다섯 개가 휘어져 있었다.

하연철도 성치는 않은지, 얼굴빛이 새하얘져 있었다.

그때, 하지후의 목소리가 울렸다.

"하지만 빠르기만 했더니, 정교하지 못하더군."

성한 두 개의 검이 나비처럼 하늘거리며, 하연철을 향해 다가갔다.

하연철은 기다리지 않고 마주 몸을 날렸다.

"으아아아압!"

거친 기합과 함께 그의 검이 마주 튀어 나갔다.

하지만 두 개의 새하얀 검은 그의 검을 비켜 날며, 그대로 그의 목과 심장을 향해 나아갔다.

푹, 푹!

하연철의 눈이 크게 벌어졌다.

하지후의 목소리가 들린다.

"때문에 빠르기보다 정교해지려 했지. 아마 그때가 스물다섯쯤일 거야."

하연철의 입가에 쓴웃음이 맺혔다.

"이것이 고작 스물다섯 무렵의 검입니까? 무섭군요."

하지후가 말했다.

"그 당시 내 또래는 다들 그 정도는 했어. 그래도 몇 살 아남지 못했지."

하연철이 힘없는 목소리로 속삭였다.

"그 당시, 무섭군요."

툭.

하연철의 고개가 아래로 떨어졌다.

현 진무하가 공식서열 칠위인 그가, 진무하가의 삼대세력 중 검호당의 당주인 그가 이토록 무력하게 죽다니.

하연철의 목과 심장에 꽂혀 있던 두 개의 검이 스르르

빠져 나왔다.

그리고 바로 검호당의 무인들을 향해 나아갔다.

"으아아아아악!"

"크아악!"

두 개의 검이 지나친 자리마다 비명과 고함이 난무했고, 핏물이 튀어 올랐다.

하지후의 목소리가 울린다.

"정교함이 지나치니, 가벼워지더군. 하여 삼십대의 검은 무거웠다."

천외비문의 무인들 주변을 맴돌던 십여 개의 새하얀 검 중 다섯 개가 뻗어 나갔다.

천외비문의 무인은 기다렸다는 듯 마주 검을 휘둘렀다. 그들은 검호당의 무인처럼 무력하게 당하지 않겠다는 의지가 엿보였다.

하지만 다섯 개의 검은 그들을 마치 지푸라기 가르듯 베어낼 뿐이었다.

"헉!"

"커흑!"

"으악!"

다섯 개의 검이 그리는 궤적은 매우 단순했다. 지금 검호당 무인들 사이를 질주하고 있는 두 개의 검처럼 빠르지도 않았고, 교묘하지도 않았다.

251

하지만 닿는 건 무엇이든 단숨에 끊어냈다.

마치 도마 위에 놓은 식재료를 잘라내는 듯하다.

천외비문의 무인은 그렇게 죽어가고 있었다.

그때 빛살이 튀어 나왔다.

"으아아아아아아압!"

다섯 개의 검 중 셋이 잘려 나갔고, 둘이 튕겨져 위로 날아올랐다.

비문오검 중 일인인 장검 천이륜이었다.

그럴 줄 알았다는 듯 하지후의 목소리가 울린다.

"하지만 무겁기만 할 뿐, 신중하지 못했지. 하여 난 신중해지기로 했다."

공중에 튀어 올랐던 두 개의 검이 장검 천이륜에게로 다가갔다.

장검 천이륜은 조금 전 하연철의 죽음이 떠오르는지 긴장하며, 자신의 검을 두 손으로 쥐었다.

그때 두 개의 검 중 하나가 먼저 천이륜에게 뻗어나갔다.

그 순간 장검 천이륜은 자신의 검을 마주 날렸다.

콰아아아앙!

화포가 터진 것만 같은 우렁찬 굉음이 울린다.

천이륜은 비틀거리며 뒷걸음질 쳤고, 그를 향해 뻗어나갔던 검은 산산조각이 나 흩어졌다.

그때를 기다렸다는 듯 공중에 떠 있던 검이 천이륜을 향해 날았다.

하지만 천이륜은 이미 짐작하고 있었는지 뒷걸음질을 멈추고, 자신의 검을 마주 휘둘렀다.

"으아아아아압!"

그 순간 날아오던 검이 갑자기 뒤로 물러났고, 당황한 천이륜의 손끝이 살짝 비틀렸다.

그럴 줄 알았다는 듯 검은 조금 전보가 빠른 속도로 뻗어왔다.

콰아아아아아앙!

굉음과 함께 천이륜의 검이 산산조각이 나 흩어졌다.

천이륜은 컥컥거리며 비틀거리더니, 툭 주저앉았다.

그의 심장에 검이 꽂혀 있었다.

하지후의 목소리가 들린다.

"신중해지니, 항상 검을 힘주어 잡지 않아도 된다는 걸 알겠더군. 그때가 내 나이가 서른여섯이었나?"

천이륜이 속삭였다.

"무적이군."

그러고 고개를 떨구었다.

하지후가 한숨을 푹 내쉰다.

"나도 그런 줄 알았지. 그때는 말이야. 하지만 너무 흔했어."

천마재생

천이륜의 심장에 꽂혀 있던 검이 뽑혀 나와 천외비문의
무인들을 향해 나아갔다.

서걱, 서걱, 서걱, 서걱.

거침이 없었다.

막는 건 무엇이든 자르고 가르며 부숴버렸다.

더는 볼 수가 없는지, 류검 천류인이 하늘에 떠 있는 하
지후를 향해 몸을 날렸다.

그 순간, 하나의 검이 튀어나와 류검 천류인을 튕겨냈다.

하지후의 목소리가 들린다.

"권무영을 보았다. 그에게서 난 불패의 검이 있음을 배
웠지."

뒤이어 하지광이 날았다.

그러자 다른 검 하나가 튀어 나와 하지광을 튕겨냈다.

"권황 철리패와 도제 천태명을 만났다. 그들을 통해 난
검만이 무적이 아님을 알게 되었지."

그때였다.

"하아아아아아아압!"

천검이 검과 함께 튀어 나갔다.

그러자 기다렸다는 듯 검 하나가 날아와 천검의 앞을 가
렸다.

콰아아아아아아앙!

천검은 날아온 검을 반토막으로 만들고 계속 날아갔다.

그의 검이 하지후의 눈썹 사이에 닿으려는 순간, 천검의 입가에 기쁨어린 미소가 어렸다.

하지만 그의 미소는 그려진 것처럼 그대로 굳어버렸다.

앞으로 더 나아갈 수가 없었기 때문이었다.

그의 검을 집은 두 개의 손가락 때문이었다.

하지후의 오른손 검지와 엄지가 그의 검신을 붙잡고 있었다.

하지후가 빙긋 웃었다.

"그리고 수라천마 장후를 만났지."

빠지지지지직.

하지후가 손가락에 힘을 주자 천검의 검신에 거미줄 같은 균열이 일어났다.

"그에게서 배운 건, 지옥을 만드는 법이라고 해야 하나?"

콰아아아아아앙!

천검의 검이 산산조각이 나 흩어졌고, 천검은 튕겨나가 벽에 부딪힌 후 떨어졌다.

"으으으으으윽."

천검은 비틀거리며 일어났고, 바로 옆으로 손을 뻗었다. 그러자 근처에 있는 검호당 무인의 시체 곁의 놓여있던 검이 튀어 올라 천검의 손아귀에 안겼다.

그의 곁으로 류검 천류인과 대원로 하지광이 내려섰다.

그들은 서로를 향해 눈빛을 건넸고, 어느 순간 동시에 고개를 끄덕였다.

합공을 하자는 무언의 대화를 나눈 것이었다.

공중에 떠 있던 하지후가 천천히 내려온다.

그러자, 검호당 무인들 사이를 질주하던 두 개의 검이 그의 곁으로 날아왔다.

거의 동시에 천외비문의 무인들을 지푸라기처럼 베던 한 자루의 검 역시 하지후의 곁으로 돌아왔다.

류검 천류인을 튕겨냈던 검과 하지광을 물렸던 검 역시 돌아온 검들과 대열을 맞추어 섰다.

그렇게 다섯 자루의 검이 하지후의 앞에 명령을 기다리는 장수처럼 모여 있다.

하지후는 검호당의 무인들을 쓸어버리던 두 개의 검을 향해 손을 뻗었다. 그리고 천천히 다른 검 쪽으로 옮겼다.

"나의 인생은 그저 검이었다. 검과 함께 눈뜨고 검과 함께 잠들었다. 언제나 검을 생각했고, 언제나 검을 잊으려 했다. 그랬지. 그랬었어."

다섯 개의 검이 갑자기 세차게 빛을 뿜어냈다.

그리고 빛으로 이루어진 다섯 개의 덩어리만을 남기고 가루가 되어 흩어졌다.

다섯 개의 빛.

그건 하지후가 검안에 심어놓은 심령, 그 자체이리라.

다섯 개의 심령이 천천히 하지후의 손을 향해 다가간다.

마치 만져달라고, 쓰다듬어 달라고 애교를 떠는 듯하다.

그래서인지 하지후의 입에 부드러운 미소가 어렸다.

"그런데 어느 순간 내 손에 검은 없더라. 내 안에도 없더라. 어째서였을까? 고민도 하지 않았다. 이미 알고 있었기 때문이겠지."

다섯 개의 검이 하나로 뭉치더니, 얇고 길게 늘어났다.

그건 마치 검의 형태를 하고 있었다.

하지후는 그 빛으로 이루어진 검을 쥐며 말했다.

"내가 바로 검이 되었음을."

지켜보던 하지광과 천검이 동시에 속삭였다.

"신검(神劍)."

"검신(劍神)."

검은 신의 것.

신은 검의 것.

전설이 말하는 검신의 경지.

저 모습이 바로 그것이리라.

하지후가 속삭였다.

"이제 그만 끝내자. 즐길 만큼 즐긴 것 같구나."

빛의 검을 쥔 하지후가 그들을 향해 걸음을 옮겼다.

아니, 옮긴 것 같았다.

다음 순간 그는 이미 천검의 앞에 서 있었다.

천마재생

천검이 크게 외쳤다.

"그럴 수는 없어!"

위이이이이이이이잉!

그의 전신이 새하얀 빛을 뿜는다.

동시에 그의 손에 쥔 검이 거대한 기둥이 되었고, 그대로 하지후를 향해 나아갔다.

천검이 목숨을 잃은 각오로 선천지기까지 모조리 뿜어냈기에 가능한 힘이었다.

그러자 하지후는 손에 쥔 빛의 검을 가볍게 휘둘렀다.

스윽.

농부가 낫질을 하듯 가벼운 동작이었다.

천검이 뿜어낸 빛의 기둥이 반으로 갈라졌다.

그 끝에 있는 천검의 정수리에서부터 사타구니까지, 긴 선이 생겨난다.

천검의 입이 벌어졌다.

"이렇게 강한대 어째서 수라천마의 주구가……?"

쩌쩍.

천검이 찢기듯이 반으로 나뉘며 바닥으로 넘어갔다.

하지후가 천검의 시체를 내려 보며 한숨처럼 속삭였다.

"그는 나라는 검을 쥐고 휘두르는 법을 알기 때문이지."

第百九章.

신검 (神劍)

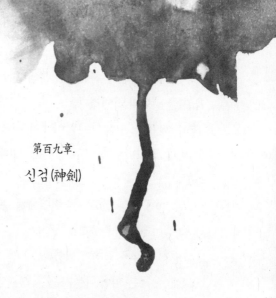

第百九章.

신검 (神劍)

류검 천류인은 가만히 땅바닥을 내려 보았다.

정수리부터 사타구니까지 두 쪽으로 갈라진 저 시체가 바로 천검이라는 게 믿기지 않았다.

천검.

그는 이렇게 죽어서는 안 되는, 아니 죽을 수가 없는 인물이다.

류검 천류인에겐 그랬다.

천문주와 수호법장, 그리고 지문주를 제외하면 천외비문을 통틀어 가장 강한 무인이 바로 천검이었다.

천검은 오만했지만 오만해도 될 만한 자격을 가진 사람이었다.

261

같을 것을 보도 들어도 그만이 다른 것을 느꼈고, 그만이 달라졌다.

그랬기에 언젠가 천검은 천문의 문주가 되어, 천외비문을 이끌 것이라고 여겼다.

오만한 성격은 세월이 깎아내어 줄 것이고, 그러니 천검은 역대 천외비문의 문주 중 가장 위대한 사람이 되리라 믿었다.

그렇기에 류검 천류인은 천검에게 충성을 맹세했고, 그와 함께 미래를 꿈꾸었다.

그렇게 그들은 형제가 되었다.

그래, 우리는 피만 나누지 않은 형제였다.

우리 형제에게 진무하가의 장악은 그저 과정일 뿐이라고 여겼었다.

수라천마와의 전쟁 역시도 위기라기보다는 기회라고 여겼다.

언제나 그랬듯이 말이다.

그런데 어쩌다 이렇게 된 걸까?

고작 늙은 퇴물 정도로 여겼던 검성 하지후의 손에 천검이 이토록 허무하게 죽다니.

악몽이다.

그래, 이건 악몽일 것이다.

이 잠에서 깨어나면, 천검이 언제나 그랬듯이 껄껄 웃으며 이리 말할 것이다.

가자, 류인아.

잠을 잘 시간이 어디 있느냐.

꿈은 꾸는 게 아니라, 이루는 것이야.

그러니 가자.

가서 꿈을 이루자.

하지만 그의 미몽(迷夢)은 천검이 아닌, 하지후의 목소리에 깨어졌다.

"현실은 더럽지. 힘들고, 참혹해. 꿈처럼 아름답지가 않아. 하지만 외면하면 끝장이야. 직시해야해. 아니면 이 녀석처럼 되는 게다."

류검 천류인의 시선이 천천히 하지후에게로 돌아갔다.

"그는 그렇게 죽어서는 안 될 사람이었소."

원망으로 떨리는 그의 목소리에 하지후는 담담한 목소리로 응대했다.

"그랬나? 사과라도 할까? 아니면 다시 붙여주랴?"

참을 수 없는 조롱이었다.

이가 악물린다.

손발은 부들부들 떨린다.

피가 머리로 솟구쳐 오르는 것만 같았다.

류검 천류인의 입이 벌어졌다.

천마재생

"그는 희망이었어! 미래였어! 우리 천외비문의 천년전쟁을 끝낼 사람이었다고!"

하지후가 담담히 표정과 말투로 말했다.

"그랬다면 내 손에 죽지 않았겠지. 그는 희망이 아니었다. 이제라도 깨달았으니 다행이구나."

천류인의 눈이 새빨갛게 물들었다.

당장 터져버릴 것만 같았다.

검을 쥔 그의 손이 부들부들 떨렸다.

그는 살아오는 동안 이토록 분노한 적이 없었다. 사리분별이 명확했고, 냉철했다.

눈앞에 닥친 순간보다는 과정과 인과를 살폈고, 감정적으로 대처하기 보다는 이성적으로 상황을 정리해왔다.

그렇기에 그는 천검과 같은 천재적인 재능이 없었음에도 비문오검에 오를 수가 있었다.

하지만 이 순간까지 그럴 수는 없었다.

휘이이익!

천류인의 검이 하지후를 향해 뻗어나간다.

그의 검은 빠르고 날카로웠지만, 하지후를 어떻게는 죽여 없애겠다는 살의는 느껴지지 않았다.

반대로 오히려 당해 죽겠다는 포기만이 엿보였다.

그래서일까?

빛으로 이루어진 하지후의 검은 그의 검을 세 조각으로

만들어 버릴 뿐, 그를 베지는 않았다.

천류인이 발악하듯 외쳤다.

"죽이시오!"

하지후는 말없이 그를 스쳐 지났다.

그리고 자신의 사촌동생이자 진무하가의 대원로인 하지광의 앞에서 멈췄다.

하지광은 담담히 그를 마주보았다.

어느 순간, 갑자기 부드럽게 웃는다.

"멋지구려, 형님."

하지후 역시 부드럽게 웃었다.

"검이 무엇인지 이제야 좀 알겠더구나."

하지광의 미소가 더욱 환하게 웃었다.

"축하합니다, 형님. 그토록 바라시던 검신의 경지에 이르셨다니. 경축할 일입니다."

"고맙구나. 네 덕분이다. 네가 없었다면 어찌 이룰 수 있었겠느냐."

하지광은 크게 고개를 끄덕였다.

"그럼요. 그렇고말고요. 제가 없었다면 이룰 수 없었지요. 허허허허허허허헛."

"고맙다, 지광아. 생각해보니 나는 너와 함께한 나날이 즐거웠던 것 같구나."

하지광이 빙긋 웃었다.

천마재생

"그렇지요. 즐거우셨겠지요. 저라고 다르겠습니까? 형님을 모시며, 형님을 따르며, 그리고 이렇게 형님을 배신하며……. 형님, 저는 좋은 꿈을 꾸었습니다."

그러며 지그시 눈을 감는다.

"이제 깰 때가 된 것 같군요."

하지후가 빛의 검을 천천히 들어올려, 하지광을 향해 뻗었다.

푹.

빛의 검이 하지광의 심장에 꽂혔다가 빠져 나왔다.

하지광은 입가에 미소를 그린 그대로 굳었고, 다시 움직이지 않았다.

그러자, 지켜보고 있던 검호당의 생존자들은 다리에 힘이 풀려 무릎을 꿇었다.

하연철에 이어서 하지광까지 죽어버렸다.

이제 역모는 실패했다고 봐야했다.

하지만 천외비문의 무인들만은 아직도 희망을 잃지 않았는지, 눈에 힘을 주고 하지후를 노려보았다.

아직 류검 천류인이 살아있기 때문이었다.

천류인은 천검을 주인으로 모시지만, 이 자리에 있는 천외비문의 무인들에게 주인은 바로 천류인이었다.

분명 이곳에 온 천외비문의 무인 중에서 가장 강한 고수는 천검이었다.

하지만 그들이 아는 바로는 천류인이야말로 이 작전의 책임자였으며, 비문오검의 중심이었다.

그들은 천류인을 믿었다.

천류인은 그 어떤 상황에서도 돌파구를 마련해 왔었다.

그는 훌륭한 지휘자였다.

그러니 아직 끝이 아니라 믿는 것이다.

우습게도 류검 천류인은 천검을 천외비문의 미래라고 여겼지만, 천외비문의 무인들에게는 오히려 그가 바로 미래였다.

하지후가 천외비문의 무인들을 둘러보며 말했다.

"너희는 여전히 꿈을 꾸는 구나. 너희에게 현실을 알려 주지."

퍽!

천류인의 무릎을 꿇었다.

하지후가 말했다.

"너희는 내 집에 들어왔다."

퍽!

검을 쥔 천류인의 팔이 축 늘어진다.

하지후가 말했다.

"너희는 내 집을 들쑤셨다."

퍽!

천류인의 몸이 바닥에 깔렸다.

천마
재생

그는 거미줄에 걸린 파리처럼 버둥거릴 뿐 일어서지 못했다.

"그런데 아직도 용서를 구하지 않는 구나. 왜 일까? 난 모르겠구나. 집주인 모르게 들어와 집안을 이렇게 만들어놓은 주제에, 뭐가 그렇게 당당한 게냐?"

하지후의 표정이 점차 굳는다.

천외비문의 무인 중 한 명이 외쳤다.

"우리는 천외비문이외다!"

하지후가 말했다.

"그것이 너희의 답이냐? 그럼 나의 답을 말해주지."

하지후가 빛의 검을 들어올렸다.

"난 하지후다."

위이이이이이이이잉.

빛의 검이 부풀어 오른다.

"이로써 정했다. 천외비문은 적이야."

콰아아아아아아아아아앙!

빛의 검이 늘어나 천외비문의 무인들을 향해 뻗어 나갔다.

위아래, 좌우, 마구잡이로 움직이는 빛의 검을 막을 사람은 아무도 없었다.

잠시 만에 오십에 이르던 천외비문의 무인들이 모조리 조각이 나 바닥에 깔렸다.

참혹하면서도 두려운 광경이었다.

이제 이 자리에 살아있는 건, 검호당의 무인 백여 명과 천류인 밖에 없었다.

아니, 한 명이 더 있다.

<u>스르르르르.</u>

어둠이 밀려든다.

그 안에서 두 개의 푸른 눈동자가 떠올랐다.

하지후는 어둠 속의 푸른 눈동자를 바라보며 말했다.

"시키는 대로 하였소."

푸른 눈동자가 대꾸했다.

"아니지. 시킨 것보다 더 잘했지."

하지후가 피식 웃었다.

"우리는 본래 그런 편 아니었소이까?"

"그랬지, 예전에는. 하지만 지금도 그럴지는 모르는 일이었으니까."

하지후의 미소가 짙어졌다.

"역시 아셨구려?"

"결국 그 검, 나를 향할 것이냐?"

"물읍시다. 어디까지 보신 거요?"

"넌 죽으려 했다."

하지후가 고개를 끄덕였다.

"맞소. 죽으려 했지요. 살 만큼 살았지 않소?"

"넌 나와 함께 죽으려 했다. 이곳에 매설된 이십 개의 천양화라면 나와 함께 죽을 수 있으리라 여겼겠지."

하지후가 무겁게 고개를 끄덕였다. 그랬다. 곳곳에 매설된 화탄, 천양화논 천외비문이 아닌, 수라천마를 죽이기 위해서였다.

"맞소. 이왕 죽는 거 당신과 함께라면 그리 외롭지는 않을 듯 하더이다. 왜? 싫소?"

"너와 죽는다는 거, 싫지는 않아. 다만, 무덤이 마음에 들지 않구나."

하지후가 보라는 듯 주변을 가리켰다.

"이 정도면 괜찮은 무덤 아니오?"

"네게는 그렇겠지. 검성 하지후가 함정을 파서 수라천마 장후와 함께 죽었다. 재미난 이야기라며 많이 떠돌겠구나."

하지후가 빛의 검을 들어 어둠을 가리켰다.

"우리 살만큼 살았지 않소. 해볼 것도 다 해봤고. 그러니 이제 조용히 가고, 후대에 물려줍시다."

"나에겐 후대가 없어."

"있소. 당신이 없는 세상을 살아가는 이들. 그들이 바로 당신의 후대이요."

"그런가? 그래. 그럴지도 몰라. 하지만 내가 없는 시대가 그들의 시대일까?"

"천외비문은 그리 걱정할 필요가 없을 듯하오. 보시오,

이 애송이를."

그러며 바닥에 깔려 버둥거리는 천류인을 가리켰다.

"가만 놔두어도 알아서 정리될 것이오. 그러니 우리 조용히 갑시다. 우리는 너무 오래 살았지 않소?"

"더 오래 산 자도 있다."

"그렇겠지요. 하지만 우리보다 오래 살았을 뿐, 우리처럼 살지는 않았겠지요."

하지후의 검이 점점 더 밝기를 더해가기 시작했다.

대신 하지후의 눈동자에는 감정이 사라져갔다.

검은 신의 것.

신은 검의 것.

신검을 들어서 검신이 될 때 벌어지는 현상이었다.

하나의 검이 되어, 수라천마 장후를 죽인다.

그리고 죽는다.

흔들림은 없었다.

수라천마 장후라는 호랑이를 낚기 위해 이 함정을 마련했고, 이 함정을 이용해 같이 죽으리라 오래 전부터 결심했었다.

어쩌면 수라천마 장후를 처음 보았던 그 순간부터 오늘을 꿈꾸었는지 모른다.

그래, 그런 것 같았다.

오늘, 이렇게 함께 죽는 건 운명이리라.

천마
재생

하지후라는 사람이 생을 부여 받은 이유이리라.

어둠 속 푸른 눈동자가 말한다.

"나도 그리 여겼다. 다시 태어났다고 하여, 내가 아닌 건 아니더군. 결국 난 그저 나였다. 달리 살려 했지만, 세상이 나를 나로 대하니, 나는 여전히 나일 수밖에 없더군."

"그렇지요? 그러니 이제 그만 갑시다."

"하지만 우리보다 오래 산 사람도 많아."

"자, 그럼 갑니다."

하지후는 선공을 하려는지, 검을 앞으로 뻗으며 몸을 날렸다.

그리고 천양화를 발동시킬 준비를 했다.

싸움을 오래 끌어서는 안 되었다.

검신이 된 그는 분명 수라천마와 일전을 결할 수 있을 정도로 능력을 가지지만, 대신 시간의 제약이 있었다.

단 일합.

그것으로 끝내야 했다.

이합으로 이어지면 홀로 죽는다.

하지만 하지후는 일합조차 나눌 수가 없었다.

스스로 동작을 멈추었기 때문이었다.

푸른 눈동자가 던지듯 건넨 몇 마디 말이 그의 발을 붙잡았기 때문이었다.

"천년을 산 자가 있다."

하지후가 침을 꿀꺽 삼킨 후 말했다.

"천년?"

"그래. 천년. 그러고도 부족하다며 천년을 더 살겠다는
자가 있다."

"그가 누구요?"

푸른 눈동자가 반달처럼 휘어졌다.

"우리의 적."

†

천년을 사는 생명이 있을까?

없을 것이다.

아니지.

단정할 수는 없다.

세상은 넓고 언제나 예외는 있다.

들리는 말로, 수라천마 장후를 호위하는 짐승 천마흑호
라는 영물이 바로 천년을 살아온 호랑이라고 하지 않던가.

하지만 사람 중에도 천년을 살아온 존재가 있을 거라고
는 그 누구도 생각해본 적이 없었다.

막연히 그런 사람이 있고, 그게 나였으면 좋겠다는 상상 정
도는 하지만 실제로 그런 존재가 있을 거라고는 믿지 않았다.

그 누구라 하여도 말이다.

천마
재생

하지후 역시 마찬가지였다.

'천년을 살아온 자가 있다고?'

믿을 수가 없다.

하지만 수라천마 장후의 말은 믿을만하다.

수라천마 장후는 거짓을 말하는 법이 없으니까.

더구나 살아남기 위해 치졸한 거짓을 말할 사람이 아니다.

그가 살려고 마음먹으면 피하면 된다.

그가 피하려 마음먹는다면 이십 개의 천양화나 검신의 경지에 이른 자신의 실력으로도 그를 붙잡을 수는 없다.

더구나 수라천마 장후는 도망치는 것을 창피해하는 사람이 아니었다.

그는 살아남을 수 있다면 무슨 일을 하여도 괜찮다는 부류 쪽이니까.

그가 모욕감을 느끼는 건, 원하는 목적을 성취하지 못했을 때이다.

도망치거나 빌고 애걸해서라도, 살아남아 결국에는 목적을 이룰 수 있다면 그것은 오히려 영광이며 진정한 승리라 여기는 사람이다.

그러니 진짜이리라.

천년을 살았다는 사람이 분명 어딘가에 있다는 거다.

하지후의 입이 스르르 벌어졌다.

"누구요?"

"알고 싶나?"

어둠 속의 푸른 눈동자가 걸려들었다는 듯 반짝인다.

그 순간, 하지후는 아차 싶은지 쓴웃음을 지었다.

'걸려들었군.'

호기심을 보인 순간, 살의가 끊어졌다.

그가 이룬 의지의 검, 신검이 흔들렸고, 때문에 검신은
해체되었다.

이로써 당분간 검신이 되지 못한다.

이 싸움은 끝났다는 거다.

패배이다.

잠시 뿐이지만 수라천마 장후를 상대할 수 있는 능력을
갖추었고, 더불어 그를 죽일 수 있는 함정까지 팠다. 하지
만 수라천마 장후는 고작 몇 마디 말로 빠져나온 것이다.

그렇다고 하지후는 실망하지 않았다.

어떤 방식으로든 이렇게 될 줄 알고 있었다.

하지후가 물었다.

"적이오? 분명하오?"

"적이야. 우리의 적이지."

천년을 살았다는 자.

적이란다.

그것도 우리의 적이라고 한다.

'적(敵)이라니.'

275

적이라 불리어지려면 대등해야 한다.

헌데 감히 누가 수라천마 장후와 대등할 수 있을까?

하기에 수라천마에게 감히 적이라고 불릴 상대는 지금 껏 집마맹 밖에 없었다.

집마맹은 분명 대단했지만, 지금의 수라천마는 그때와 는 또 다르다.

집마맹이 세상의 칠할을 차지했던 전성기 무렵 그대로 의 세력으로 나타난다고 해도, 지금의 수라천마에게 적이 라 불릴 수는 없을 것이다.

예를 들자면 집마맹이라는 이름을 표방하고 나온 악마 사원의 자은마맥은 강하고 무서웠지만, 수라천마 장후에 게 적이라는 칭호를 듣는 영광을 차지할 수는 없었다.

그런데 지금 수라천마 장후가 적이라고 한다.

그 정도가 아니다.

나의 적도 아니고, 우리의 적이란다.

혼자 상대할 수가 없다는 것이다.

그가 우리라고 부를만한 세력을 동원해야만 상대할 수 있는 적이라는 거다.

하지후는 침을 꿀꺽 삼켰다.

"강하오?"

"거의 나만큼?"

믿을 수 없다.

하지후는 검신의 경지에 올랐기에, 수라천마 장후가 얼마나 강한지를 누구보다 잘 알 수 있었다.

이렇게 강한 존재가 또 있을 리는 없다.

그래야만 했다.

하지후가 물었다.

"그럴 수 있소?"

"천년을 살았는데, 나 정도는 되어야지 않겠나?"

"소나무가 오래 살았다고, 곰을 무찌를 수 있는 건 아니지요."

"그는 소나무가 아니고, 나는 곰이 아니니까."

"천년을 살았다는데, 나는 어찌 그를 모르는 거요?"

"그럴 수밖에 없어. 나 역시 그를 안지 얼마 되지 않았으니. 하지만 그는 우리를 알아. 알아보니 오래전부터 우리를 지켜보고 있었더군. 우리가 재밌었는지 이따금 우리를 가지고 놀기도 했던 모양이야."

하지후가 침을 꿀꺽 삼켰다.

개미가 사람을 볼 수는 없다.

사람이 앞을 가려도, 손가락으로 집어 다른 곳에 놓아도, 개미는 알 수가 없다.

그저 한치 앞만의 세상이 개미가 볼 수 있는 한계이니까.

그는 사람이었다는 거다.

그리고 우리는 개미였다는 거다.

그럴 수가 있나?

남장후가 말했다.

"최근 그가 우리를 좀 거슬린다고 여긴 모양이더군."

"우리를?"

"그래. 나와 지금의 무림을."

"그가 혹시 천외비문의 천문주요?"

수라천마 장후의 푸른 눈이 얇게 좁혀진다.

"내가 지금 농담하자는 것 같았나?"

하지후는 한숨을 내쉬었다.

"아니오. 다만 농담이었음 싶었다오."

남장후가 선언하듯 말했다.

"그가 우리의 무덤이다."

하지후가 입을 굳게 다물며 눈을 얇게 좁혔다.

우리의 무덤이라······.

남장후가 말했다.

"그러니 청지를 부활시켜라."

하지후가 짧은 탄성을 뱉었다.

"아."

하소인을 통해 명한 청지를 부활시키라는 명령, 그 진의
가 무엇이었는지 이제야 알 것 같았다.

남장후가 말한 청지의 부활이란 과거 집마맹 시절처럼
진무하가를 비밀리에 다시 자신의 소속으로 가지고 오라는

것이 아니라, 하지후라는 사람 그 자체를 원했던 것이다.

하지후는 손에 쥔 빛의 검을 물끄러미 내려 보았다.

그러며 과거 처음 수라천마 장후를 만났던 날을 떠올렸다.

바로 이 근처, 지금은 그가 연무장으로 사용하는 감옥의 앞, 철창 너머에 수라천마 장후는 서 있었다.

수라천마 장후는 오만하게 자신을 굽어보고 있었고, 하지후는 그런 장후를 올려다봐야 했다.

장후는 거래라며 제안했지만, 하지후에게 그 날은 거래가 아니었다.

그저 싸구려 동정이며, 비굴한 기회였다.

그날 검을 쥐고 있었다면, 장소가 감옥이 아니라 집마맹과의 전장 한복판이었다면, 그처럼 굴욕적이지 않았을 것이다.

그랬었다.

그러면 지금은?

남장후의 목소리가 하지후의 귀에 흘러든다.

"거래하자."

하지후가 고개를 들어올렸다.

"무엇을 말이오?"

"오늘 넌 여기서 죽는다. 그렇게 검성 하지후는 사라진다."

"그리고요?"

"나의 검이 되어라."

"대가는 뭐요?"

"우리의 무덤."

하지후가 씨익 웃었다.

"나쁘지 않구려."

그리고 손에 쥔 빛의 검을 천천히 어둠을 향해 내밀었다.

그러자 어둠 속에서 팔 하나가 빠져 나왔다.

남장후의 손이 빛의 검을 움켜쥔다.

갈라진 손바닥 사이로 핏물이 흘러나와 바닥을 적신다.

하지후가 말했다.

"검은 양날이오. 한쪽은 적을 향하고 하나는 나를 향하지요. 잘못 쥐고 잘못 휘두르면 그리 된다는 거요. 그래도 괜찮소?"

"나의 검은 날카로워야 해. 무엇이든 벨 수 있을 만큼. 괜찮으냐?"

"세상에 나보다 날카로운 검은 없을 거요."

"자, 그럼 이로써 거래는 성립되었다. 하지후. 아니, 신검(神劍)."

"신검이라. 나쁘지 않은 이름이구려."

하지후는 스윽 몸을 돌렸다.

그리고 자신을 지켜보고만 있는 검호당과 천외비문의

무인들을 찬찬히 훑어보며 말했다.

"검성 하지후의 무덤치고는 모자라지만, 별 수 없구나."

그러며 천천히 그들을 향해 걸음을 옮겼다.

멀어지는 그의 등을 바라보는 어둠이 속삭인다.

"드디어 검을 얻었구나."

†

진무하가의 아침은 고적하다.

깨어난 이들은 조용히 하루를 준비한다.

변함이 없는 일상이 지루하지만, 변함이 없기에 고맙기
도 하다.

누군가는 그러한 일상이 깨어져서는 안 될 전통이라 하
고, 누군가는 고루함이라고 한다.

하지만 아이가 태어나고, 자라고, 가정을 이루기에는 참
으로 더없이 좋은 환경이다.

이 일상이 반복될 수 있는 건 검성 하지후가 거대한 울
타리가 존재하기 때문이다.

그가 있는 한 진무하가의 아침은 언제나 이렇게 온화하
리라.

진무하가의 영광은 계속되리라.

콰콰콰콰콰콰콰쾅!

천마
재생

굉음이 울린다.

진무하가 전체가 들썩였다.

곳곳에서 경계신호가 울리며, 건물마다 사람이 뛰쳐나와 외쳤다.

"무슨 일이냐!"

"습격인가?"

"어디서 난 소리냐!"

"이 폭음은 천양화가 터질 때와 유사한데?"

"병고를 뒤져봐!"

반나절이 지나 어둠이 내렸을 무렵, 진무하가의 지하에서 일단의 무리가 나타났다.

대부분이 죽은 줄 알았던 진무하가의 식솔이었다.

나타난 그들은 이렇게 말했다.

"태상가주께서 적들과 함께 운명하셨습니다."

†

하소인은 하늘을 올려다보았다.

푸른 하늘 위로 검처럼 긴 구름이 걸려 있다.

자세히 살피면 그것이 구름이 아니라 깃발임을 알 수 있었다.

조기(弔旗)이다.

너무나 크고 길기에 구름처럼 보이는 것이다.

하지만 하소인은 오히려 너무 작다고 생각했다.

그녀의 생각만은 아닌 듯하다.

"작구나."

들려온 목소리에 하소인은 고개를 돌렸다.

그녀의 부친인 탕평검군이 그녀의 옆에 서서 조기를 바라보고 있었다.

하소인은 다시 조기를 바라보며 말했다.

"그렇죠? 너무 작죠?"

탕평검군은 크게 고개를 끄덕였다.

"그럼. 세상을 다 덮을 정도는 되어야지. 그 분의 죽음을 알리는 조기라면 그쯤은 되어야 해."

"그 정도로 큰 깃발이 있을까요?"

"없겠지. 태상가주님 같은 분이 또 있을 리 없는 것처럼."

하소인의 눈가에 이슬이 맺혔다.

"저는 그 분께서 언제나 그렇게 머물러 계실 줄 알았어요."

"나 역시 그랬다."

"이제 우리 진무가는 어찌 될까요?"

탕평검군이 눈에 힘을 주었다.

"우선 내가 임시나마 가주 위를 맡기로 했다. 딱 오 년만 다스리다가 정천이에게 넘기로 예정되어 있다."

"정천 오라버니는 너무 어려요."

"태상가주님께서도 그 나이 무렵부터 가문을 이끄셨다."

"태상가주님이잖아요."

하소인이 속삭이듯 하는 말에 탕평검군은 쓴웃음을 지었다. 그리고 걸음을 옮겼다.

"들어가자. 손님을 맞이해야지."

하소인이 고개를 저었다.

"잠시만 더. 저는 조금만 더 있다가 들어갈게요."

"단단해져야 한다. 우리는 진무하가이다. 태상가주께서 우리에게 주신 고마운 이름이다."

하소인이 고개를 끄덕였다. 그러며 얼굴을 굳히며 다짐하듯 말했다.

"네. 지킬 겁니다. 꼭이요."

탕평검군은 씩 웃은 후, 고개를 들어 조기를 바라보았다.

"너무 작아."

그렇게 중얼거리며 힘없는 걸음으로 사라졌다.

남겨진 하소인은 고개를 들어 올려 다시 조기를 멍하니 바라보았다.

그때였다.

"쓸데없는 짓을. 쯧쯔쯔."

들려온 목소리에 하소인의 눈이 크게 벌어졌다.

휙 고개를 돌린다.

그곳에 그녀처럼 조기를 올려보고 있는 청년이 보였다.

청년은 머리카락이 눈처럼 하얬다.

입고 있는 옷 역시도 마찬가지로 하얬다.

때문에 멀리서 보면 노인이라고 착각할 듯싶었다.

하지만 외모만으로 따지면 그녀와 비슷한 연배라 짐작되었다.

하지만 하소인은 알고 있었다.

저 청년은 외모와 달리 나이가 무척 많다는 것을.

그녀의 시선을 느꼈는지, 청년이 고개를 내리고 그녀에게 시선을 옮겼다.

"깜빡 잊고 놓고 간 물건이 하나 있어서 가지러 왔구나."

그러며 청년은 손을 들어 자신의 턱을 쓰다듬었다.

"흐음. 수염이 없으니 어색하구나."

그러자 하소인이 크게 고개를 저었다. 그리고 외치듯 말했다.

"아니요. 없는 게 훨씬 나아요! 너무 잘 어울려요!"

"그래?"

흰머리 청년은 다가와 하소인에게 손을 뻗었다.

그러며 그녀의 머리를 가볍게 쓰다듬었다.

그 순간 하소인의 얼굴에 아이처럼 환한 미소가 어렸다.

천마재생

머리가 새하얀 청년은 손을 떼고, 몸을 돌렸다.

"또 보자꾸나."

그리고 걸어간다.

그 순간 하소인이 다급히 외쳤다.

"저기요! 태상가……!"

청년이 휙 고개를 돌리더니, 검지손가락을 세워 자신의 입술에 가져다 대었다.

하소인은 입을 순간 입술을 닫았고, 청년은 빙긋 웃었다.

"내 이름은 신검(神劍)이란다. 알겠느냐?"

하소인은 고개를 마구 끄덕였다.

청년 신검은 되었다는 듯 몸을 돌리고 다시 걸어갔다.

신검이 걸어가는 방향 저 끝에 검은 무복을 입은 청년 한 명이 보였다.

그 청년의 얼굴 역시 하소인에게는 익숙했다.

잠시 후, 검고 하얀 두 명의 청년은 어깨를 나란히 하며 걸어갔고, 그렇게 점이 되어 사라져 버렸다.

그들이 사라질 때까지 멍하니 바라보고만 있던 하소인이 어느 순간 환하게 웃었다.

웃음소리에 장단을 맞추겠다는 듯이 커다란 조기는 그녀의 머리 위에서 힘차게 나부끼고 있었다.

第百十章.

후회해도 된다

第百十章.

후회해도 된다

사람의 가치를 따지는 잣대는 사람마다 다르다.

누군가는 성격의 좋고 나쁨으로 평가하고, 또 누군가는 강하고 약한가에 따라 나누기도 한다.

그렇다면 당신이 사람의 가치를 따지는 잣대는 무엇인가?

누군가 황번동에게 그렇게 묻는다면, 이리 말할 것이다.

돈이라고.

지닌 재산이 아니라, 이 사람과 교류함으로 해서 얻게 되는 금전적인 이득이 얼마나 되는가가 그의 잣대였다.

황번동은 자신의 잣대에 확신이 있었고, 때문에 그에 따라 살아왔다.

289

그의 잣대에 천외비문은 환산할 수 없을 만큼 많은 돈이었다.

지닌 돈의 몇 배로 늘일 수 있는 기회이기도 했다.

반면 수라천마 장후란 밑 빠진 독이었다.

이득은커녕, 버는 족족 쏟아 부어도 채워지지 않는 마귀 같은 단지였다.

그러니 황번동으로서는 어쩔 수 없었다.

천외비문과 손을 잡고 수라천마를 내친다.

그리고 수라천마가 사라지면, 동업자이자 경쟁자인 조카 황일정을 제거하고 금적산이라는 이름과 재산, 사업체를 독식한다.

그것이 황번동의 그림이고, 그 그림은 예정된 미래만 같았다.

수라천마는 분명 무섭다.

하지만 천외비문은 천년동안 패한 적 없는 협객들의 문파.

그들이라면 분명 대마두 수라천마를 죽여 없애는 또 한 번의 전설을 이루어 내리라고 믿었다.

아니다.

믿고 싶었던 거다.

털썩.

황번동은 자신의 몸이 딱딱한 바닥에 닿는 것을 느꼈다.

아팠다.

이제부터 자신에게 벌어질 일은 이 정도가 아님을 알기에, 더욱 아팠다.

"잊었던 물건이오."

머리가 새하얀 청년이 그렇게 말하며 자신을 가리키자, 황번동은 침을 꿀꺽 삼켰다.

물건이라.

그는 사람을 돈이라는 물건으로 취급했지만, 자신도 역시 물건취급을 받으리라고는 생각한 적이 없었다.

그렇다고 해서 기분이 나쁘지는 않았다.

살려만 준다면, 어떤 취급을 한다고 해도 상관없었다.

황번동의 시선이 머리가 새하얀 청년의 반대편, 어둠을 향한다.

어둠이 너무나 짙어서 그 안에 무엇을 담고 있는지를 알아볼 수가 없었다.

"그럼 난 이만 가보겠소."

머리가 하얀 청년이 그렇게 말하며 몸을 돌렸다.

그가 한 걸음을 옮겼을 때, 어둠 속에서 목소리가 흘러나와 그의 발을 막았다.

"어디로?"

"내가 필요하오? 지금?"

"아니. 아직은 그다지."

"그러면 필요할 때 부르시구려."

"어디에 있는지 알아야 찾지."

머리가 새하얀 청년이 피식 웃었다.

"내가 당신이 못 찾을 곳에 있을 것 같소? 그런 곳이 있기나 하오?"

어둠 속에서도 헛웃음이 흘러나온다.

"뭐, 그렇기야 하지."

황번동을 데려왔던 새하얀 머리의 청년은 다시 앞으로 고개를 돌렸고 그대로 걸음을 옮겼다.

하지만 두 걸음을 걷다 말고 멈추더니, 바닥에 앉아 벌벌 떨고 있는 황번동을 바라보았다.

그 순간 황번동은 푹 고개를 숙였다.

새하얀 머리의 청년이 누구인지는 모르지만, 눈을 맞추는 것도 무서웠다.

그의 눈에서 검이 튀어나와 머리를 찔러댈 것만 같았다.

새하얀 머리의 청년이 말했다.

"제 형을 죽일 줄은 알아도, 제 형을 넘는 법은 모르는구나."

그 순간 황번동의 눈이 커졌다.

황번동은 친형을 죽이고 금적산이라는 이름을 차지하려 했었다. 그의 시도는 조카인 황일정을 주인으로 모시려는 충직한 녀석들에게 막혀 절반의 성공으로 끝나고 말았다.

벌써 십수 년 전의 일이다.

얼핏 보았을 때, 청년의 나이는 서른이 넘지는 않을 것 같았다.

그러니, 황번동의 손에 죽은 친형과 교분을 나눌 정도는 아닐 텐데…….

새하얀 청년이 말했다.

"하지만 네 형의 자식보다는 낫구나."

무슨 뜻일까?

새하얀 머리의 청년은 더는 할 말이 없다는 듯 멈췄던 걸음을 이어갔고, 잠시 만에 사라져 버렸다.

황번동은 덜덜 떨며, 가장 어두운 방향으로 고개를 돌렸다.

분명 그곳에서 목소리가 흘러나왔었다.

그리고 그 목소리는 너무나 익숙했다.

위이이이잉.

짙은 어둠 속 푸른빛이 맺히더니, 두 개의 눈동자로 변했다.

황번동은 전신이 부들부들 떨렸다.

그는 눈동자를 마주 보지 못하고 땅바닥에 머리를 쳐 박았다.

저 푸른 빛.

저 눈동자.

모를 수가 없다.

수라천마 장후!

역시 그였다.

"내가 무서우냐?"

황번동은 남장후의 질문에 답하지 못하고 그저 떨기만
했다.

어서 이 순간이 지나갔으면 했다.

죽임을 당하더라도 말이다.

아니.

차라리 죽여 달라고 애원하고 싶었다.

그래볼까?

그래, 그게 나을 것이다.

그렇다면 수라천마 장후가 조금은 편안한 죽음을 내려
줄지도 모른다.

"그렇게 무서우냐?"

황번동은 차마 대꾸치 못하고 고개만 마구 끄덕였다.

"그런데 왜 그랬느냐?"

황번동은 그제야 입을 열었다. 그리고 이리 말하려 했
다.

제가 미쳤나 봅니다, 라고.

그 죄는 실로 중하니 용서를 바라지는 않사옵니다, 라
고.

그러니 죽여만 주십시오, 라고.

하지만 황번동은 아무 말도 할 수가 없었다.

그의 오른쪽 어둠 속에서 낮고 힘없는 속삭임이 흘러나
왔기 때문이었다.

"제가 미쳤나 봅니다."

뭘까?

황번동은 고개를 꺾어 어둠을 살폈다.

하지만 아무것도 보이지가 않았다.

속삭임이 다시 흘러나왔다.

"지은 죄가 무거움을 알기에, 용서를 바라지 않습니다."

뭐지?

황번동은 눈을 얇게 좁히고 귀를 쫑긋 세웠다.

어디선가 들어본 목소리인 듯했다.

하지만 아무리 눈에 힘을 주어도 보이는 건 아무것도 없
었다.

속삭임이 다시 흘러나온다.

"죽여주십시오. 바라옵니다."

그 순간 황번동의 눈이 찢어질 듯이 크게 벌어졌다.

"이 목소리는?"

이제야 알겠다.

하지만 이해할 수는 없었다.

이 목소리의 주인이 저 어둠 속에 있을 리가 없었다.

천마재생

혹여 있다고 하더라도, 자신이 하려했던 말을 보고 낭독하듯이 할 이유가 전혀 없었다.

'대체 이게 무슨? 착각한 건가?'

위이이이잉.

두 개의 눈동자의 위, 또 하나의 눈동자가 떠오른다.

수라마안이다.

어둠에 별처럼 떠 있던 푸른 눈동자의 주인이 수라천마 장후가 분명하다는 증거였고, 그가 지금 상당히 화가 났다는 증거이기도 했다.

수라마안이 나타나자, 한 치 앞을 알아볼 수 없도록 검기만 하던 주변이 새벽녘처럼 쪽빛으로 변해갔다.

그제야 황번동은 어둠 속에서 속삭이던 사람의 모습을 볼 수가 있었다.

황번동은 튀어나오려는 구역질을 억지로 삼켰다.

드러난 사내는 마치 핏물을 받아다가 굳혀서 만든 덩어리처럼만 보였다.

꿈틀거리기에 아직 살아있다는 걸 알 수 있을 뿐, 가만 놔두면 얼마 못가 죽어버릴 게 뻔했다.

황번동은 찬찬히 핏덩어리의 얼굴부분을 살폈다.

짓눌리고 터진데다가 부풀기까지 해서 알아보기가 힘들었지만, 결국 자신의 짐작이 옳다는 것을 어렵게나마 깨달을 수 있었다.

"일정아. 정말 너구나!"

정말 황일정일 줄이야!

왜 그가 저런 모습으로 이곳에 있는 걸까?

황일정은 수라천마의 충복을 자처했다.

대체 왜?

'설마 일정이 이 놈도 배신을?'

남장후의 목소리가 울린다.

"네 숙부는 멍청했다. 나를 배신하고 천외비문과 손을 잡는 건, 멍청하다고 할 수 밖에 없는 짓이었지."

황번동이 침을 꿀꺽 삼켰다.

남장후의 말이 이어진다.

"하지만 화가 나지는 않았다. 그럴 만하다고 여겼지. 왜? 멍청하니까. 네 숙부는 본래 멍청했고, 그러니 멍청한 짓을 할 수도 있어. 그렇지?"

황번동은 고개를 조아리며 말했다.

"그, 그렇습니다. 저는 멍청합니다. 죄송할 뿐입니다. 제가 멍청하여 큰 죄를 지었습니다."

"그래. 넌 죄를 지었어. 하지만 큰 죄는 아니야. 멍청한 놈이 멍청한 짓을 하는 게 뭐가 큰 죄야. 그저 그럴만한 죄이지. 하지만 황일정, 넌 달라."

황번동의 눈동자가 황일정 쪽으로 돌아갔다.

대체 그가 무슨 죄를 지었다는 걸까?

"넌 영리한 편이야. 제법 잘 알아듣고 눈치도 잘 보지. 야망은 있으나, 욕심은 없어. 자신의 능력과 주변을 잘 살피고, 신중하며 조심스레 스스로의 품을 키웠다. 그래서 널 아꼈다. 그렇지? 몰랐다는 말은 하지 말아라. 나는 분명 너를 아꼈다."

황일정이 힘겹게 고개를 끄덕였다.

"그, 그렇습…… 니다. 저를 아껴주셨지…… 요."

"헌데 왜 욕심을 부린 게냐?"

황번동은 침을 꿀꺽 삼켰다.

대체 조카 놈은 무슨 욕심을 어찌 부렸기에 저리된 것일까?

남장후가 말했다.

"왜 네 숙부가 천외비문과 손을 잡았음을 알면서도 모른 척 한게냐?"

황번동의 눈이 커졌다.

"알고 있었다고?"

남장후의 목소리가 계속 이어졌다.

"왜 알면서도 보고하지 않았던 것이냐? 내 스스로 알도록 만든 게냐? 왜 내게 아끼는 너를 벌하도록 한 것이냐? 무엇 때문이냐? 몰랐다고 하지 마라. 너는 분명 네가 이리될 것을 알고 있었다. 그렇지 않느냐? 왜 스스로 무덤을 판 것이냐?"

황일정은 아무 대답도 하지 않았다.

그런 황일정을 보며 황번동은 눈만 깜빡거렸다.

대체 왜 그랬던 걸까?

순간 뇌리를 스치는 생각에 황번동은 외치듯 말했다.

"차도살인(借刀殺人)!"

남의 칼을 빌려 사람을 죽인다.

황일정은 그의 변절을 알고도 막지 않고 외면함으로써, 그가 수라천마 장후의 분노를 사서 죽임을 당하도록 유인한 것이다.

그것 밖에 없었다.

그 순간 남장후가 혀를 찼다.

"봐라. 저토록 멍청하다. 그러니 이리 멍청한 짓이나 하는 것이지."

아니라고?

남장후가 말했다.

"너의 변절을 내게 바로 보고했다면, 넌 이미 이 세상에 없을 것이다. 그런데 굳이 모른 척할 이유가 있었겠느냐?"

"아!"

생각해보니 그랬다.

황번동은 부끄러워 얼굴이 붉게 물들었다.

그렇다면 황일정은 왜 숨기고 있었던 걸까?

남장후가 말했다.

천마재생

"너희의 죄는 크나 둘 모두를 죽일 수는 없다. 큰 싸움을 앞둔 지금, 돈줄이 말라서는 안 되지. 그러니 너희 중 하나는 죽고 다른 하나는 살아서 금적산이 된다."

황번동은 침을 꿀꺽 삼켰고, 황일정은 몸을 꿈틀했다.

살 수 있다니!

더구나 금적산을 홀로 차지할 수 있다니!

마치 하늘에서 황금 동아줄 하나가 내려온 것 같았다.

허면 대체 누가 살고 누가 죽을까?

황번동은 눈을 뒤룩뒤룩 굴렸다.

'어째야 살지?'

이제와 남장후에게 충성을 맹세한다고 해도 설득력은 없었다.

살려달라고 애걸하면 오히려 짜증난다며 바로 목을 잘라낼지 모른다.

'할 수 있는 건 아무것도 없어.'

그렇다.

그저 처분을 기다려야 할 뿐이다.

누가 죽고 누가 사는 지는 오직 남장후가 마음먹기에 달려 있는 것이다.

황번동은 부들부들 떨었다.

무섭다.

살기 위해서 아무것도 할 수 없는 이 상황이 죽음보다

무섭다.

재앙이다.

'살아난다고 해도, 다시는 변심을 하지 않을 거야.'

수라천마 장후.

그를 왜 재앙이라고 부르는지 이제야 알 것 같았다.

그때였다.

툭.

무슨 소리일까?

황번동은 소리가 들린 방향으로 눈동자를 돌렸다.

자신과 황일정 사이, 딱 두 사람의 중간에 팔뚝만한 길이의 단검 하나가 꽂혀있었다.

"너희 둘 다 살려줄 마음이 들지 않는다. 그러니 너희가 스스로 결정하거라."

그 말이 무슨 뜻인지를 바로 알아들은 황번동이 벌떡 일어났다. 그리고 허둥지둥 달려가 단검을 뽑아들었다.

그렇다.

'살았다!'

황번동의 입에 기쁨의 미소가 어렸다.

산거다.

아니, 그저 살아남기만 한 게 아니다.

그토록 꿈꿨던 금적산이 되는 거다.

한 번 찌르기만 하면 된다.

천마재생

황번동은 그저 꿈틀거리고 있는 황일정에게로 다가갔다.

그리고 높이 단검을 치켜들었다.

이제 힘껏 찌르기만 하면 된다!

하지만 부들부들 떨릴 뿐 내려오지가 않았다.

왜 일까?

한 번 찌르기만 하면 원하는 모든 걸 얻을 수 있는데, 그럴 수가 없었다.

그때, 황일정의 입이 스르르 벌어졌다.

마치 웃는 것만 같았다.

"그렇지요?"

황일정이 그렇게 속삭이는 순간, 황번동은 입을 쩍 벌려 탄성을 뱉었다.

"아아아아!"

비로소 알 것 같았다.

왜 황일정이 자신의 변절을 알면서 수라천마에게 밀고하지 않은 건지를.

황번동은 힘없이 중얼거렸다.

"그렇……구나."

그래, 그런 거였다.

그들은 원수이지만, 가족이기도 했던 거다.

마음을 먹는 것과 실행에 옮기는 건 전혀 다른 일이다.

사람이 마음먹은 대로만 살아갈 수 있다면 성인군자라는 소리를 듣거나, 혹은 수라천마 장후처럼 마왕이라 불리겠지.

황번동도 다르지 않았다.

그는 언제나 동업자이자 원수이며 그리고 경쟁자인 황일정을 죽이고 싶었고, 기회가 오면 꼭 죽이고 말겠다고 각오하고 다짐해왔다.

그럼으로써 금적산이라는 이름과 재산을 독차지하고 싶었다.

그럴 수만 있다면 세상에 더 바랄게 없을 듯했다.

그래.

그것이 바로, 황번동이라는 사람의 완성인 거다.

그리고 이렇게 그 기회가 왔다.

황일정은 벌레처럼 꿈틀거리고 있었고, 황번동은 단검을 쥐고 있었다.

심장부위에 가볍게 꽂기만 하면 되었다.

드디어 오랜 시간 갈망했던 꿈을 이룬다.

그런데 그게 어려웠다.

단검을 굳게 쥔 황번동의 손은 그저 마구 떨리기만 할 뿐, 황일정의 심장을 향해 나아가지 않았다.

왜일까?

황일정이 자신의 조카이기 때문이었다.

잊고 살았었는데, 그랬었다.

'그게 무슨 상관이야!'

지금은 같은 하늘을 이고 살 수 없는 원수일 뿐이다.

하지만 자꾸 좋았던 시절, 무릎에 앉아서 방긋거리던 황일정의 얼굴이 떠올랐다.

'숙부님, 숙부님. 안아줘요.' 하며 손을 활짝 벌리고 달려오던 황일정의 모습이 자꾸 눈앞에 그려졌다.

그래서 심장을 찌를 수가 없었다.

그가 무슨 생각을 하고 있는지 짐작한다는 듯 황일정이 힘없이 속삭였다.

"그런 겁니다, 저도."

황번동이 이를 악물었다.

그래서 수라천마에게 자신의 배반을 발고하지 않았다고?

믿을 수 없다.

황일정이 속삭였다.

"최근에 아버지께서 돌아가실 때의 사정을 좀 알아봤습니다."

황번동의 눈이 떨렸다.

"아버지께서 먼저 치려 하셨더군요."

황번동이 버럭 소리 질렀다.

"내가 그랬지 않느냐! 형님이 나를 먼저 죽이려 하셨다고!"

"그랬지요. 믿을 수가 없었습니다."

황번동이 목이 터져라 외쳤다.

"내가 수십 수백 번 말했지 않느냐! 형님께서 먼저 칼을 뽑았다고! 내가 당해 죽었어야 한 거냐! 아니면 살려달라고 빌어야 했던 거냐! 빌면 살려주기나 할까! 그 머저리 같은 것들의 말에 속아서 나를 죽이겠다고 하는데, 어쩌란 거냐!"

"왜들 그러셨습니까?"

"왜긴! 뭐가 왜냐! 본래 금적산의 재산 중 삼분지 일은 내 것이었다! 제 할아버지께서 말씀하였고, 네 아비는 준다고 약속했다. 그리고 난 그 약속을 믿었다! 하지만 안 주더라. 더 키워서 나누자며 미루더구나! 믿었지. 계속 믿었어. 주위에서 병신 소리를 해도 믿었어!"

"끝까지 믿지 그러셨습니까."

황번동이 입매를 씰룩거렸다.

"그랬다면 네 아버지가 아니라, 내가 죽었겠지."

황일정은 속삭였다.

"아닐 수도 있었습니다."

황번동이 코웃음 쳤다.

"지양선. 모두가 그 녀석의 짓이었습니다."

"나도 안다. 그 녀석이었지. 그 녀석이 형님과 내 사이를 오가며, 간교한 혓바닥을 놀렸지."

황일정의 입가에 씁쓸한 미소가 어렸다.

"그렇군요. 아셨군요."

황번동이 변명하듯 말했다.

"내가 알았을 때는 이미 모든 게 끝나버린 이후였다. 뭘 어쩌겠느냐? 사냥개가 주인을 물었다고 바로 버릴 수는 없지. 쓸 만큼 쓰다가 삶아먹는 수밖에."

"그는 더는 간교한 혀를 놀릴 수 없을 겁니다. 삶아먹을 필요도 없지요."

황번동이 물끄러미 황일정을 내려보다가, 고개를 끄덕였다.

"그랬구나. 잘 했다."

"이제 끝내시지요."

그러며 황일정은 지그시 눈을 감았다.

황번동은 다시 손에 쥔 단검에 힘을 주었다.

황일정의 말마따나 이제는 끝을 내야 할 때였다.

하지만 여전히 단검은 황일정의 심장을 향해 내려가지 않았다.

아무리 힘을 주어도, 무엇에 걸리기라도 한 것처럼 도무지 움직이지가 않는다.

너무 팔에 힘을 주어서 일까?

황번동의 다리가 스르르 풀렸다.

그는 황일정의 머리맡에 털썩 주저앉더니, 고개를 축 늘어트렸다.

그러며 지금까지와는 달리 맥없는 목소리로 속삭인다.

"우리가 어쩌다 이렇게 된 거냐."

황일정은 아무 대꾸도 하지 않았다.

그러자 황번동은 고백하듯 말했다.

"형님을 죽이라고 명령했을 때, 난 술에 많이 취해 있었다. 화가 많이 났었지. 반쯤 정신이 나갔었어. 그래, 서운했던 거야. 그냥, 그랬었어. 그래서 말했다. 형님을 죽이라고. 그런데 다음 날 아침에 숙취에 시달리는 내게 달려와 신이 나게 외쳐대더구나. 형님을 죽였다고 말이다. 난……난 이게 무슨 일인가 했다."

황번동은 부들부들 떨며 단검을 떨어트렸다. 그리고 두 손을 들어 머리를 감싸 쥐었다.

"그게 아니었어. 난, 그저 서운했을 뿐이야. 난 취했던 것뿐이라고. 형님을 죽이고 싶다는 생각은 했지만…… 그래, 생각만은 했지. 근데 죽일 줄은 몰랐어."

황일정이 속삭였다.

"그러셨군요."

황번동의 두 눈에 물방울이 맺혔다. 지금껏 그 누구에게
도 하지 못한 말이었다.

"난 거짓말인 줄 알았다. 형님께서는 그렇게 쉽게 돌아
가실 분이 아니었으니까. 수하 놈들이 참 노력했더구나.
충성을 다했더구나. 스무 명이 몰려가서 셋이 살아 돌아올
정도로 열심 했더구나. 술김에 한 말에 목숨을 걸었더구
나. 난, 그 녀석들을 욕할 수 없었다. 술김에 한 말이라고
할 수도 없었다. 난, 그저 잘했다며 칭찬하고 포상을 내릴
수밖에 없었어."

그 일이 벌어진 후, 뒤로 물러날 수는 없었다.

후회할 수도 없었다.

이미 달리는 말에 올라탄 것이나 다름없었다.

내릴 수가 없다.

뛰어내렸다가는 죽는다.

그런 심정으로 살아왔다.

그랬기에 더욱 금적산이 되기를 열망했다.

꼭 되어야만 했다.

형을 죽여 버린 그에게 남은 건 그것뿐이었으니까.

하지만 본심은 아니었다.

"난 후회한다. 그 날 내가 술만 마시지 않았다면, 우리
는 이렇게 되지 않았겠지?"

"그 말이 듣고 싶었습니다."

푹!

황번동은 얼굴을 가린 두 손을 내렸다. 눈과 코, 입이 찢어질 듯 커져 있었다.

그의 눈동자가 아래로 향했다. 자신의 심장 부위에 단검이 꽂혀 있었다.

그 단검을 쥔 손을 따라가니, 황일정이 보였다.

황일정이 말했다.

"아버지께서도 그런 기분이셨을 겁니다."

황번동의 얼굴이 악귀처럼 일그러졌다.

"네, 네 놈이……! 커헉!"

황번동의 눈동자가 위로 들렸다.

황일정이 단검을 비틀었기 때문이었다.

황번동은 그대로 뒤로 넘어갔다.

굳어가는 눈동자가 황일정을 향한다.

황일정은 입은 환하게 웃고 있었다. 하지만 눈에는 눈물이 뚝뚝 흘러내리고 있었다.

그렇게 황일정은 웃고 울었다.

복수를 달성했음에 기뻐하며, 숙부를 제 손으로 죽였다는 죄책감에 슬퍼했다.

그런 황일정을 눈에 담으며 죽어가는 황번동은 입술을 더듬더듬 거렸다.

목소리가 나오지가 않기에 무엇을 말하려는지 알 수가 없었다.

하지만 황일정은 입모양을 읽어 알아듣겠는지, 무겁게 고개를 끄덕였다.

"네. 후회하지는 않겠습니다."

황번동의 입매가 부드럽게 올라갔다. 그리고 그대로 굳어버렸다.

죽었다.

죽어버린 거다.

황일정은 단검에서 손을 떼고, 기어가 황번동을 품에 안았다.

어깨를 마구 들썩인다.

"후회하지 않습니다. 흑흑. 절대 후회하지 않아요. 크흐흐흐흐흐흑!"

그렇게 시간이 흘러갔다.

시간은 웃음을 멎고, 눈물을 지운다.

시간이라는 녀석은 그런 야속하면서도 고마운 힘을 가지고 있다.

황일정은 결국 시체가 되어버린 황번동의 몸을 놓고 상체를 일으켰다.

그리고 고개를 돌려 어둠 저편, 푸른 눈동자를 바라본다.

그리고 힘겹게 입을 열었다. 뭔가 할 말이 있는지 입을 더듬거렸다.

하지만 아무 말도 하지 못했다.

그저 계속 입만 더듬더듬 할 뿐이었다.

기다리기 지쳤는지 푸른 눈동자가 말한다.

"후회해도 된다."

그제야 황일정의 입술 사이로 목소리가 흘러나왔다.

"그래도 되는 겁니까?"

"이미 후회하고 있지 않느냐."

황일정의 입술이 비틀리며 울음이 흘러나왔다.

"크흐흐흐흑. 이럴 줄 아셨습니까?"

푸른 눈동자는 말이 없었다.

하지만 황일정은 이미 들었다 싶은지, 원망하듯 외쳤다.

"그럼 막아주실 수 있지 않았습니까!"

푸른 눈동자가 말했다.

"어떻게 막지? 넌 영리한 녀석이야. 신중하고, 교묘하지. 내가 말렸다고 하여도 결국엔 이렇게 되었을 것이다."

황일정이 뭐라 말하려 했다.

하지만 푸른 눈동자의 차가운 목소리가 이어져 그의 입을 막았다.

천마재생

"넌 영리하기에 복수의 완성이란 네 숙부의 죽음이 아니라, 네 숙부를 참회토록 하는 것임을 알았다. 그렇기에 이렇듯 목숨까지 걸며 복수의 완성을 추구했고, 결국 이렇게 성공했다. 하지만, 넌 몰랐겠지. 네 숙부가 참회한다면, 네 숙부를 죽인 너도 참회하게 될 것임을. 네가 지금 느끼는 고통은 내 스스로 자초한 것이다."

"그래요. 알겠습니다! 이 모든 건 제가 자초한 겁니다! 하지만, 저는 이럴 수밖에 없었습니다. 이럴 수밖에 없었다고요!"

"그래. 넌 그럴 수밖에 없었다. 그저 그런 거야."

황일정이 고개를 푹 숙이며 힘없이 속삭였다.

"전 살아도 되는 겁니까?"

푸른 눈동자가 말했다.

"살아도 된다."

"살 수 있는 겁니까?"

푸른 눈동자가 어둠에서 빠져 나와 황일정에게 다가온다.

그렇게 다가온 푸른 눈동자는 남장후라는 사람이 되어, 황일정의 앞에 섰다.

남장후는 황일정을 가만히 바라보았다.

황일정은 그런 남장후를 넋이 빠진 사람처럼 흐릿한 눈으로 마주 보았다.

잠시의 시간이 흐른 후, 남장후의 입이 벌어졌다.

"고통스러울 것이다. 허탈하겠지. 이제 뭘 해야 하나 갈 피도 잡히지 않을 거야. 아무것도 하기 싫겠지. 죽는 것이 차라리 낫지 않을까 싶겠지."

황일정은 고개를 끄덕였다.

말마따나 딱 그랬다.

남장후가 말했다.

"살아라. 그러면 알게 된다. 네가 살아야 함을. 네가 지금 느끼는 아픔은 힘겹겠지. 하지만 살다보면 그 정도쯤은 우스울 정도로 힘든 순간이 계속 이어질 거야."

황일정이 입을 열었다.

"살라는 겁니까?"

"그래. 하지만 기쁜 일도 많을 거다. 슬픔 따위는 지워버 릴 정도로 행복한 시간도 있겠지. 물론 계속되지는 않아. 파도처럼 넘실거리며 기쁘고, 화가 나며, 즐겁거나 슬픈 일 이 찾아오겠지. 그 모든 걸 계속 겪고 넘고 나아가는 거야."

"그러면 어떻게 됩니까?"

"어떻게 되긴. 그저 그렇게 살아가는 것뿐이지. 그러면 된 거 아니냐?"

그러며 남장후는 그의 어깨를 가볍게 두들겼다.

"머리가 복잡할 테는 일에 집중하는 게 낫겠지? 황금 삼 백만 냥이 필요해. 닷새 안에 모아라. 그게 우선 네가 할 일이다. 할 수 있느냐?"

황일정의 흐릿하던 눈에 빛이 어렸다.

"하겠습니다. 기필코."

"못해내면 죽어. 죽으려 하지 않아도, 죽여줄 거야. 알지?"

"저를 죽이면 후회하실 겁니다."

"훗. 그렇겠지. 하지만 종종 후회하기도 해야 하지. 지금 너처럼 말이야."

그러며 남장후는 황일정의 곁을 지나 앞으로 걸어갔다.

남장후가 걸어가는 방향에 짙게 깔려있던 어둠이 열리듯 갈라진다.

멀리 빛이 드러나는 곳에 네 개의 그림자가 길게 드리운다.

괴겁마령과 혈우마령, 월야마령과 천살마령이었다.

그들의 곁으로 다가간 남장후가 말했다.

"대충 주변 정리는 마친 것 같구나."

괴겁마령은 남장후의 어깨에 장포를 걸쳐주며 물었다.

"이제 뭘 하면 됩니까?"

남장후가 앞을 쏘아보며 빙긋 웃었다.

"이제 정리해야지. 천외비문을."

그러자 기다렸다는 듯이 괴겁마령이 송곳니를 드러내며 웃었다.

남장후가 걸어 나가며 말했다.

"너무 즐길 생각은 말아. 빨리 끝내자. 할 일 많아. 그 다음엔 너무 오래 살아서 반쯤 정신이 나간 녀석을 만나러 가야하니까."

†

천외비문.

천년이라는 장구한 역사를 자랑하는 신비로운 협객의 문파.

이따금 세상이 간악한 무리에 의해 슬픔과 비탄으로 물들면, 그들은 맑은 하늘의 색을 닮은 푸른 옷을 입고 나타나 구름처럼 하얀 검을 휘둘러 세상을 구원한다.

그들이 홀연히 사라져 버린다.

그러니 어찌 그들을 칭송하지 않을까?

하지만 지난 백 년 동안 그들은 모습을 드러내지 않았다.

어째서일까?

지난 백 년, 세상은 평화로워서였을까?

아니다.

지난 백 년은 그 어느 시대보다 혼란했다.

고금제일마세라고 일컬어지는 집마맹이 나타나 세상을 피로 물들며 단숨에 차지해 버린 것이다.

그들은 지배하지 않았다.

군림하지 않았다.

그들은 단지 약탈했을 뿐이었다.

겁탈했을 뿐이었다.

학살했을 뿐이었다.

그들은 마치 세상이라는 모래성을 파괴라는 나뭇가지로 들쑤시며 노는 어린 아이 같았다.

지독한 시대였다.

그들의 등장 이전에 세상을 나누어 다스리던 권력자와 단체들은 집마맹의 힘을 감당하지 못하여 궤멸당하거나, 흩어져 버렸다.

그와는 반대로 집마맹은 세상을 제멋대로 약탈하며 더 더욱 강대해져만 갔다.

그러니 공포의 시대는 세상이 멸망하는 그 날까지 계속될 것만 같았다.

하기에 사람들은 빌었다.

천외비문이 나타나기를.

청의무복을 입은 그들이 새하얀 검을 들고 나타나, 집마맹을 없애주기를.

하지만 그들은 나타나지 않았다.

대신 집마맹이라는 마귀를 먹는 수라천마라는 마귀가 나타났고, 잔혹한 전쟁을 벌였다.

그리고 어이없게도 수라천마라는 대마귀가 집마맹을 무너트림으로써 세상은 구원되었다.

덕분에 지금의 세상은 평화롭다.

이십 오년이라는 시간은 흘러가 그 힘겨웠던 과거를 덮어버렸다.

그 사이 수라천마 장후가 다시 세상에 모습을 드러냈지만 그는 이따금 소소한 난동을 부리고 사라졌을 뿐, 집마맹처럼 세상을 어찌하려는 생각은 없는 듯했다.

그 외에 사건과 사고가 없었던 건 아니지만, 그래도 살만한 세상이다.

그렇기에 사람들은 천외비문을 아예 잊었다.

그들이 원래 없었던 듯이 말이다.

그렇게 천외비문은 잊히고 있었다.

하지만 이따금 천외비문을 기억하는 사람은 이렇게 속삭이듯 묻고는 한다.

그들은 왜 나타나지 않았을까?

혹시 그들은 사라져버린 걸까?

만약 사라졌다면 무엇 때문에 사라진 걸까?

모두가 답 없는 질문일 뿐이다.

천외비문의 문도, 비문전인이 아니라면 그 누구도 그 답을 알 수가 없고, 만약 천외비문 자체가 사라졌다면 그 답을 알아낼 방법도 없을 테니까.

천마재생

하지만 천외비문의 한 사람만은 그 답을 알아내고 말았다.

천외비문은 사라지지 않았음을.

그저 나타날 수 없었던 것임을.

누군가 그 답을 알아낸 사람을 찾아와 그 이유를 묻는다면, 그는 지금처럼 이렇게 말해 주었을 것이다.

"그런 것까지는 알 거 없어. 어차피 곧 내 손에 사라질 테니까."

남장후는 그러며 사나운 미소를 그렸다.

그의 오른쪽 옆, 열대여섯 정도로 보이는 소년이 입술을 삐쭉거렸다.

월야마령이었다.

월야마령이 남장후의 눈치를 보다가, 다시 조심스레 물었다.

"그렇죠. 당연히 우리 손에 사라지겠지요."

"우리 손?"

"아니. 정확히 말하면 큰 형님 손이겠지요."

남장후는 살짝 고개를 저었다.

"그렇지 않아."

월야마령이 한숨을 훅 내쉬었다.

"답답합니다."

"뭐가?"

"또 무슨 그림을 그리시는 겁니까?"

남장후는 빙긋 웃었다.

"뻔하지 않느냐?"

전면을 향한 남장후의 눈매가 칼날처럼 얇아졌다.

"지옥도(地獄圖)이지."

월야마령은 남장후의 시선이 향하는 곳으로 고개를 돌렸다.

푸른 수평선 끝, 어슴푸레하게 점 하나가 보였다.

섬이다.

"드디어 도착했구나."

남장후는 그렇게 중얼거렸다.

†

섬.

대륙의 남동부에서 삼백 여리 정도 떨어진 곳에는 수백 여 개의 섬이 모여 있다.

이 지역을 사람들은 무안군도(無安群島)라고 불린다.

어째서일까?

말 그대로 이 지역의 섬들이 찾아든 사람에게 안녕함을 허락하지 않기 때문이다.

무안군도의 섬은 단단한 암석으로 이루어져 있기 때문에 씨앗이 뿌리를 내리지 못한다.

더불어 유난히 해풍이 거세어, 아무리 가옥을 단단히 짓는다고 해도, 날아가기 십상이다.

그 뿐인가?

햇살은 왜 이리 따갑고, 습하기는 또 얼마나 습한지.

가만히 있어도 살이 익는 듯하고, 그늘에 찾아 숨어도 지독한 습기 때문에 끓는 물 위에 걸려있는 것만 같았다.

더불어 사방에 새파란 물이 넘실거리지만, 정작 사람이 마실만한 물은 찾을 수가 없다.

그 정도가 아니다.

무안군도의 주변에 이르면 해류의 흐름이 제멋대로 바뀌어 물고기조차 근처로는 다가가지 않는다.

그러니 어지간한 크기의 배가 아니라면 뒤뚱거리다가 좌초되기 십상이다.

만약 중대규모의 선박으로 어지러운 해류를 이리저리 타고 무안군도의 안으로 들어선다고 해도, 정박하기는 어렵다.

섬들 사이, 수면 아래 숨어 있는 암초에 걸려 오도 가도 못하게 되거나, 운이 나쁘면 나뭇조각이 되고 만다.

그러니 멀리서 눈으로 지켜볼 수밖에 없다.

보이기만 할 뿐, 닿을 수 없는 신기루라고 여길 뿐이다.

그런데 갑자기 대륙 방향의 수평선 저편, 한 척의 배가 나타나더니 무안군도를 향해 나아가기 시작했다.

저것이 정말 배일까?

배는 검었다.

아니 검다기보다는 검은 빛이라고 해야 하겠다.

햇살이 닿을 때마다 은은한 윤기가 감돌기 때문이었다.

수천 명의 장인들이 밤하늘을 도려내 뚝 떼어다가 이리 저리 깎고 붙여 만들어놓은 듯이 아름다운 배였다.

검은 배는 무척이나 빨랐다.

때문에 잠시사이, 무안군도의 주변을 호위하듯 휘도는 어지러운 해류의 근처까지 이르고 말았다.

이제는 멈춰야만 했다.

만약 무안군도를 관람하러 온 것이라면, 방향을 바꾸어 무안군도를 둥글게 돌다가 돌아가는 편이 나았다.

하지만 검은 배는 멈추지 않았고, 그대로 해류 속에 몸을 실었다.

쇄애애애액!

어찌된 일일까?

검은 배는 무안군도의 어지러운 해류에 따라 이리저리 요동치기는커녕, 칼날로 잘라낸 듯이 일직선으로 가로지르며 계속 앞으로 나아갔다.

천마
재생

결국 잠시 만에 검은 배는 해류를 벗어나, 아니 뚫고 지나가 무안군도 안으로 진입했다.

본래 목적지가 있는지 검은 배는 거침없이 섬들의 사이를 지나쳤다.

아직 암초에 걸리지 않았나 보다.

그때였다.

콰쾅!

굉음과 함께 바닷물이 튀어 올라 검은 배를 집어삼켰다.

뒤이어 수십 개의 암석이 마구 솟구쳤다가 사방으로 흩어졌다.

결국 암초에 부딪힌 것이다.

아!

결국 검은 배는 좌초되고 만 걸까?

아니었다.

검은 배는 앞을 가린 바닷물의 장막을 가볍게 뚫어버리고 앞으로 나아간다.

콰쾅!

콰쾅!

검은 배는 나아가면서 계속 암초에 부딪쳤다.

하지만 깨어지고 부서지는 건 검은 배가 아니라 암초였다.

거침이 없다.

대체 무엇으로 만들었기에 저럴 수 있는 걸까?

검은 배의 전면, 섬 하나가 모습을 드러낸다.

자그마한 산의 형태를 한 역삼각형의 섬이었다.

저 섬이 바로 검은 배의 목적지였던 걸까?

그런 것 같지는 않았다.

배는 속도를 줄이지 않고 계속 나아갔다.

마치 앞을 가린 섬마저 부숴버리고 지나치겠다는 듯하다.

하지만 암초와 섬은 다르다.

그때, 검은 배의 선두에서 목소리가 흘러나왔다.

"뚫어라."

그 순간 검은 배가 길쭉하게 늘어나기 시작했다.

아니, 얇고 홀쭉해진다.

그러자 검은 배의 앞부분이 열리며, 거대한 화포가 모습을 드러냈다.

화포의 둥근 구멍 속으로 빛이 모여든다.

마치 저 구멍 안에 거대한 괴물이 웅크리고 있어, 빛을 먹이 삼아 들이키는 것 같았다.

어느새 빛은 원통의 안을 가득 채웠는지, 표면 위로 둥글게 망울이 지었다.

그 사이, 검은 배는 섬과 부딪칠 정도로 가까워져 있었다.

천마재생

검은 배의 선두, 다시 목소리가 흘러나온다.

"내가 할까?"

그 순간, 화포가 빛을 뿜었다.

콰아아아아아아아아아아아아아앙!

온 세상이 하얗게 물들어 갔다.

바다가 갈라지고, 구름이 밀려난다.

결국 온통 하얗게 변했고, 잠시의 시간이 흐른 후 세상이 본래의 색으로 돌아왔을 때, 검은 배를 가로막고 있던 섬은 없었다.

그 십여 리 정도 위에 반쯤 걸쳐 있던 섬 역시 잘라낸 듯이 둥글게 뚫려 있었다.

쇄애애애애액!

검은 배는 당연하다는 듯이 계속 암초를 부수며 앞으로 나아갔다.

마치 이 세상 끝까지 그렇게 계속 나아갈 것만 같았다.

하지만 무안군도의 중심부에 위치한 유난히 푸르고 커다란 섬이 앞을 가리자, 검은 배는 속도를 줄였고 그 앞에 멈췄다.

대체 무슨 일이 벌어진 걸까?

배의 선두 목소리가 흘러나온다.

"여기다."

동시에 한 사내가 훌쩍 몸을 날리더니, 무려 삼십여 장을 날아가 섬의 해안가에 내렸다.

뒤이어 십여 명의 그림자가 그 뒤를 쫓아 내렸다.

가장 먼저 섬에 내려선 사내, 남장후는 찬찬히 주변을 둘러보더니, 갑자기 한 방향에 시선을 두고는 말했다.

"저기다. 가자."

그의 뒤, 네 개의 그림자가 바로 뒤따랐다.

남장후의 의형제이자, 최측근이라 할 수 있는 네 명의 마령이었다.

세 개의 그림자가 그 뒤를 잇는다.

백궁마자 대장과 총대, 그리고 소한살객이었다.

하지만 나머지 세 개의 그림자는 미적거릴 뿐이었다.

그 중 가운데에 서 있는 복면인이 자신들이 타고 온 배를 돌아보며 혀를 내두른다.

"엄청나지 않습니까? 선배, 우리 저거 쓱싹합시다."

왼쪽에 있던 그림자가 복면인을 돌아보며 눈매를 얇게 좁혔다.

그러자 복면인이 눈을 껌뻑였다.

"왜 그런 눈으로 보십니까? 저 배가 아니라, 저를 쓱싹하겠다는 듯해 보이잖습니까?"

왼쪽에 있는 그림자가 입을 열었다.

"잘 아네."

그러자, 오른쪽에 있는 그림자가 속삭이듯 말했다.

"감은 좋지."

복면인이 외치듯 말했다.

"거참. 이제 좀 그만 합시다. 내가 몇 번을 더 사과하면 됩니까?"

왼쪽의 그림자가 왼손을 들어 올려 주먹을 쥔다.

"사과는 되었고. 내 손에 맞아주면 되네."

복면인이 휙 오른쪽으로 고개를 돌렸다.

"말려주십시오."

그러자 오른쪽 그림자는 짧은 한숨을 내쉰 후 앞으로 걸어 나갔다.

복면인이 그의 등을 향해 손을 뻗으며 외치듯 말했다.

"선배! 검성 선……."

앞 서 나간 사내가 걸음을 멈추고 돌아서며 짜증난 어조로 말했다.

"내 이름은 신검이라 하지 않았나."

복면인의 왼쪽에 서 있던 사람 역시 앞으로 걸어 나갔다. 걸음걸이가 어색하다. 오른팔이 없는 탓이었다.

그러며 웃는 낯으로 말했다.

"도제가 없고, 검성도 없으니, 이제 나 권황 철리패만 남은 것이로군."

신검이 마주 웃으며 말했다.

"좋은가?"

권황 철리패가 고개를 끄덕였다.

"좋지. 좋다마다. 이제 정도무림은 내 세상이라는 거 아닌가?"

뒤편에 홀로 남아있던 복면인이 하관을 가린 천을 내리며 외쳤다.

"저 위수한이올시다!"

철리패가 고개를 돌려 눈을 얇게 좁혔다.

"그래서?"

그러자 위수한이 방긋 웃었다.

"선배님께서 정도무림을 잘 이끄실 수 있도록 충심으로 도울 제가 있음을 잊지 말아달라는 것이지요. 헤헤헤헤헤."

신검과 철리패가 한심하다는 듯이 동시에 한숨을 내쉬었다.

위수한이 그들을 향해 다가가며 물었다.

"그런데 여기는 대체 어딥니까?"

신검이 말했다.

"모르지. 하지만 앞으로 어디가 될 줄은 알지 않나?"

철리패가 입을 벌려 그 뒤를 이었다.

"지옥이겠지."

위수한이 무겁게 고개를 끄덕였다.

"그렇겠지요."

천마재생

그리고 저 멀리 앞으로 걷고 있는 남장후와 사대마령의 등을 노려보았다.

"저들이 나아간 곳은 언제나 그리 되었으니까요."

신검이 빙긋 웃었다.

"우리는 다른가?"

철리패는 입을 다물었고, 위수한 역시 아무 말도 하지 못했다.

신검의 말마따나 자신들이 나아간 방향에 펼쳐진 광경 또한 그리 다르지는 않았기 때문이었다.

〈12권에서 계속〉